Pourquoi Papa il vient plus

DE LA SCIENCE-FICTION D'AUJOURD'HUI
PAR RICHARD TRIGAUX

De la science-fiction à la façon de Jules Verne: avec les données scientifiques actuelles, et des personnages généreux.

Christine vient d'avoir 18 ans, et elle va au tribunal pour demander pourquoi on lui avait interdit de voir son père (décédé depuis). Une démarche qui dévoile plusieurs forfaitures graves.

Mais elle reçoit aussi une lettre de Chine, l'invitant dans un monde virtuel, Inworldz. Elle y trouve un groupe de scientifiques, qui tente une étrange expérience à propos de son père. Vous étiez avertis: c'est de la science du 21eme siècle, pas du 19eme siècle.

PRÉAMBULE

(Par l'auteur, première personne)

Cette histoire est avant tout une histoire de science-fiction, ouvrant de fantastiques opportunités dans le domaine de la conscience et de la survie dans l'au-delà. Toutefois, il ne s'agit pas d'une science fiction d'opéra spatial du 20ème siècle passé: elle s'enracine dans les découvertes scientifiques les plus extraordinaires du début du 21ème siècle.

Il ne s'agit pas non plus de quelque cauchemar transhumaniste: on y parle de conscience, de la véritable conscience, cette chose qui se rend compte, qui a des sensations, des sentiments, du bonheur, des espoirs, des émotions et de la chaleur humaine. Et sans laquelle rien n'a de sens.

Mais comment puis-je appeler «science» des choses considérées depuis des millénaires comme du domaine des religions? Parce que ce livre est basé sur la science moderne du 21ème siècle, pas sur la science matérialiste du 20ème siècle. En particulier, sur les NDE, la Dutch Study a dissipé tous les soupçons et contre-arguments de ce domaine, tout en se conformant à toutes les méthodologies scientifiques standard.

Que ces connaissances fantastiques soient encore considérées du domaine «religieux» pose tout de même un problème, dont je m'occupe dans mon livre «Epistémologie Générale», proposant un cadre scientifiquement acceptable pour l'étude de la conscience.

Cette histoire que vous allez lire est simplement une manière plus conviviale de présenter ces connaissances, qui restent encore quelque peu abstraites.

Le second aspect de la présente histoire est que, comme Jules Verne, j'ai placé ma science-fiction dans une histoire humainement chaleureuse, où des personnages sympathiques font preuve de valeur morale et d'idéaux élevés. Ce n'est pas une astuce de présentation pour rendre ma thèse plus attrayante: l'étude scientifique sérieuse de la conscience conduit inévitablement à la découverte du but de la vie: être heureux. Et c'est précisément ce qui arrive à celui qui devient meilleur, à celui qui contrôle davantage le cerveau imparfait que l'évolution

Darwinienne inconsciente et amorale nous a légué. Ainsi, l'objectif principal de toutes mes histoires est précisément de susciter ce désir d'un monde meilleur et d'une vie meilleure.

Troisièmement, l'intrigue «aventure» de ce roman évoque des dysfonctionnements d'institutions et de personnages en lesquels nous devrions avoir particulièrement confiance. L'objectif n'est pas de dénigrer ces institutions elles-mêmes, qui accomplissent une tâche incroyablement difficile. En fait, j'ai vu certaines de ces personnes ou centres faire des choses fantastiques, comme sauver des enfants de la dépendance et même de la mort. Mais des problèmes inadmissibles et impardonnables se produisent lorsque **certaines** de ces personnes utilisent leurs fonctions pour terroriser et détruire des enfants, par sexisme ou pour des désaccords religieux avec leurs parents.

Cependant, je ne pouvais pas fonder de telles accusations sur de vagues rapports de seconde main: ce sont des choses qui sont bien documentées par des psychologues, des spécialistes et des enquêteurs sur de grands abus bien connus dans ce domaine, comme le scandale d'Outreau, ou les incroyables forfaitures du conté de Dade en Floride. De plus, j'ai moi-même assisté à des faits de ce genre, ce qui me donne l'autorité d'un témoin, pour dénoncer ces actes criminels.

Mais, par respect pour les victimes que j'ai connues, je ne pouvais pas raconter leur vraie histoire dans un roman. Je ne pouvais pas non plus exagérer ni poser de fausses déclarations. La solution est cette histoire de fiction, où **je présente des faits d'un degré de gravité égal à ceux que j'ai vu directement, ou qui étaient bien en vue dans l'actualité.**

Dans ces affaires, les enfants sont toujours traités comme des meubles, des possessions. Personne ne semble se soucier de leurs souffrances ni de leur désorientation dans la vie, après avoir perdu leurs parents, et surtout en les entendant diffamés partout. Surtout dans les grands scandales comme l'affaire Outreau ou l'affaire du comté de Dade, aucune justice n'a jamais été rendue, et les enfants victimes voient toujours leurs bourreaux en liberté, vaquant sans être inquiétés, voire recevant des honneurs.

Ceci pose également un problème aux artistes et aux penseurs: Pratiquement toutes les souffrances et causes possibles sur Terre ont été décrites et défendues dans de nombreux romans et créations d'art, tandis que chaque artiste soutenait au moins une cause qui lui était chère. Même les enfants maltraités par leur famille ont leurs défenseurs, comme Jules Renard ou Hervé Bazin en France. Pourtant, je connais peu de romans ou d'artistes présentant et défendant des enfants écrasés par le manque de coeur des lois et des tribunaux du divorce. **Que cela ait été fait à des enfants que j'ai connus était une invitation personnelle à le faire.**

Cette histoire se déroule aussi en partie dans les mondes virtuels.
On crédite les mondes virtuels d'un vaste futur, pour les interactions sociales, la formation, l'apprentissage et les rencontres. Pourtant ils sont encore ignorés ou dénigrés. Même l'épidémie de covid n'a pas augmenté la fréquentation! Apparemment, bien trop peu ont saisi leur fantastique potentiel de liberté et d'évolution sociale, laissant les mondes virtuels libres végéter sans aucun soutient.

Au moment où cette histoire s'est passée, plusieurs mondes virtuels collectifs fonctionnaient, tels que Second Life et Inworldz. La partie science-fiction a été créée dans Inworldz pour le gala d'hiver 2016. Pour cette raison, je revendique l'antériorité des idées scientifiques proposées pour cette date. La grande aventure du chapitre 10 est censée se dérouler en 2018. Ce fut malheureusement la dernière année de Inworldz, perdu pour cause surtout de dénigrement.

Enfin, cette histoire se déroule aussi en partie dans l'après-vie.
Quand on parle de l'après-vie, le traditionnel «happy end» ne peut pas se produire, car nous partons tous pour le Grand au-delà un jour ou l'autre. Dans ce domaine, parlons plutôt d'éternité heureuse. Ce qui est beaucoup plus optimiste que n'importe quel roman traditionnel.

Il n'y a pas non plus dans ce livre de **justice finale,** où les bons seraient récompensés et les méchants punis, comme dans les films. Parce que c'est comme ça en vrai: le problème n'a pas été résolu. Mais dans l'histoire on voit les victimes se reconstruire et progresser, ce qui est l'ultime victoire.

Et les victimes réelles que j'ai connues se sont aussi reconstruites.
Toutes.
Il n'y a donc rien à rajouter.

CHAPITRE 1 CHRISTINE

(Par Christine, à la première personne)

Le souvenir de ce jour d'avril 2018, mon 18e anniversaire, est resté gravé dans ma mémoire.

Pour la plupart des gens, c'est un jour de fête, de jouissance de leur nouvelle liberté.

Pas pour moi.

Je me rendais au palais de justice.

Parce qu'il fallait absolument que je sache.

Que je sache pourquoi, un jour, mon cher père avait subitement cessé de venir à la maison.

Mon cher, mon doux Papa, qui m'emmenait un week-end sur deux, dans sa maison de campagne, où nous avions toujours des choses fantastiques à faire: explorer la forêt, jardiner, ou par mauvais temps jouer à des jeux, faire du modélisme, ou regarder la science ou écouter de la musique sur Internet.

Quand j'étais très jeune, il était à la maison tous les jours, le soir. Il jouait avec moi, ou il m'emmenait en voiture pour nous promener.
Pas tout le temps, parce qu'il devait aller au travail.
Il devait aussi toujours demander la permission à ma mère, pour m'emmener quelque part. À cette époque, je pensais que c'était normal, et que les hommes étaient une autre sorte d'enfants qui devaient obéir aux femmes, tout comme je devais obéir à ma mère.
Aussi loin que je me souvienne, ma mère a toujours été sévère avec lui.
Au début, elle me souriait. Mais quand je racontais mes bons moments avec Papa, elle fronçait les sourcils. Alors, j'ai vite appris à ne pas en parler. Puis elle est devenue sévère tout le temps, ne parlant que de travail scolaire, faire ma toilette et d'autres choses de ce genre.

Quoi de moins accueillant qu'un palais de justice. Les supermarchés essaient au moins de nous attirer, avec leur musique collante, leurs couleurs chaudes et leurs faux néons. Les tribunaux n'ont pas besoin d'attirer les gens pour remplir leurs prisons. Ils sont mornes, froids et tristes. La devise «Liberté Égalité Fraternité» gravée dans la pierre dure semble si lointaine, comme une promesse des temps anciens qui ne se serait jamais réalisée.

Tout d'abord, à qui demander? Il n'y avait pas de bureau d'accueil. Ah, «greffe», ça doit être ça. Bon, il y avait une sorte de salle d'attente, avec des gens qui attendaient. Il me fallait attendre mon tour. Une mauvaise lampe, et les habituels magasines vides de sens, «Paris Match», «Elle», etc. si ennuyeux que personne n'arrive à les lire, même après plusieurs heures d'attente.

Papa vivait à la maison. Mais un jour, il ne fut plus là. On ne m'a jamais dit pourquoi. Je me souviens que ma mère fourrant ses vêtements dans un sac. Le lendemain, quand je suis rentré de l'école, il ne restait rien.

J'ai demandé à ma mère pourquoi il n'était plus là.

«La ferme» m'a t'elle répondu. Et je savais que quand elle était en colère, il valait mieux me taire, et surtout ne pas pleurer. Si je pleurais, elle se mettait à dire des choses très désagréables, que j'avais des problèmes psychologiques et que j'irais à l'hôpital.

Alors je suis allée directement dans ma chambre, et j'ai pleuré... essuyant mes larmes au fur et à mesure qu'elles arrivaient, de sorte qu'elle ne puisse pas les voir en ouvrant soudainement la porte comme elle le faisait souvent. Puis j'ai commencé à faire mon travail d'école.

Faire notre travail d'école quand on vient juste de perdre notre seul soutien affectif est très difficile. Mais c'était la seule chose où me raccrocher encore, comme un noyé qui s'agrippe à une paille. Mais ma mère ne m'a jamais aidé dans mon travail scolaire, comme le faisait mon cher père. J'ai donc travaillé, parce que mon père disait que l'école était importante. C'était le seul contact qui me restait avec lui.

La personne avant moi devait avoir des tonnes de choses à discuter. Nous attendions depuis une heure entière, et plusieurs personnes étaient arrivées entre-temps. Comment les gens peuvent-ils avoir des affaires si complexes et si difficiles qu'ils aient besoin de tant de temps pour les démêler? Oh, d'accord, je les ai entendus rire, comme des vieux copains ensemble. J'ai compris pourquoi cet entretien prenait autant de temps. J'ai pris peur que le tribunal ne ferme avant que je ne sois autorisé à entrer dans cette salle. Sans argent pour l'hôtel, je ne pouvais pas me permettre d'attendre demain.

La première et seule dispute dont je me souvienne, c'est que ma mère voulait que j'apprenne à lire avec la «méthode globale»: lire les mots sur des cartes, sans apprendre les lettres. J'étais capable de reconnaître plusieurs mots. Ils se sont disputés, Papa disant que cette méthode était inutile, alors que ma mère disait que j'avais appris à lire très vite. En effet, je me souviens que je reconnaissais les cartes que ma mère me montrait. Pendant un certain temps, j'étais en colère contre mon père et ma mère me disait de rester dans ma chambre au lieu de lui parler.

Mais une fois à l'école, j'ai été ridiculisée: Je n'arrivais pas à reconnaître un seul mot, même ceux qui figuraient sur les cartes de ma mère. Il m'a fallu des semaines pour comprendre que Papa avait raison: si nous lisons lettre par lettre, nous pouvons reconnaître n'importe quel mot, même les mots inconnus, alors qu'avec les cartes, nous ne reconnaissons que les cartes que nous avons apprises! Finalement, ma mère n'aimait pas m'aider dans mon travail scolaire, et mon père a pu m'aider à nouveau à comprendre les lettres et d'autres choses.

J'ai finalement été admise dans un bureau, où était assise une dame me regardant avec un sourire professionnel. Ce n'était pas un endroit agréable, avec des étagères pleines de dossiers et de paperasse avachies. Le mobilier était de tubes chromés et de simili-cuir gris-vert, avec des chaises usées. Les murs étaient de cette couleur urine qui semble la norme pour toutes les administrations françaises. Il n'y avait pas un seul objet prévu pour être agréable. Je me demande toujours comment les gens peuvent se forcer à vivre dans des endroits aussi mornes et laids. Travailler dans ce bureau était probablement une punition pire que toutes les prisons dans lesquelles ils envoyaient les gens.

J'avais préparé ma carte d'identité, car je pensais que cette dame vérifierait d'abord mon identité. Mais elle n'a rien fait de tel, elle a juste demandé mon nom. J'ai d'abord trouvé cela étrange: n'importe qui pouvait se faire passer pour moi, et tout apprendre de moi. Mais j'avais tort, vous allez voir pourquoi.

Parfois, ma mère recevait un groupe d'amies. D'habitude, elles parlaient fort pendant des heures, et je ne pouvais pas faire mes devoirs ces jours-là. Si papa était là, il devait aussi rester dans la chambre du couple. Parfois, les dames m'invitaient en criant comme j'étais une belle petite fille, me demandant de sourire, me tripotant les joues et, après m'avoir reposée, se remettaient à parler de leurs choses d'adultes que je ne comprenais pas.

Mais je me souviens que quelques semaines après le départ de Papa, une autre dame bizarre est venue.

Elle m'a demandé si «Papa» me manquait. Quiconque lira cette histoire trouvera cela incroyable: nous n'avons jamais utilisé les noms «Papa» ou «Maman» à la maison. J'ai appris ces mots plus tard, avec l'école. À la maison, Papa était «Léo» et ma mère était «Francine». Ceci est un piège classique, souvent tendu avec la «remise en cause des nomes sociales» comme appât. Mais le vrai but est que l'enfant ignore que ses parents sont spéciaux à lui. Et les services sociaux activent souvent ce piège, par ignorance ou par méchanceté.

Alors, quand cette dame m'a demandé si je me souvenais de «Papa», j'ai simplement répondu «non». J'ai tout de suite senti que c'était une mauvaise réponse, sans savoir pourquoi: ma mère et la dame m'ont jeté un regard sinistre, mais sans me dire ce que j'avais fait de mal. Ensuite, la dame m'a posé plusieurs questions, pour savoir si je travaillais bien à l'école, si j'avais des copains, etc. Je lui ai répondu que j'aimais bien «Léo» et que je pouvais le revoir. La dame m'a répondu:

«Oui, bien sûr, tu peux voir ton copain.

-Quand? ai-je demandé, avec un peu d'espoir.

-Oh, demande ça à ta mère» et c'est tout. Elles ont recommencé à parler de leurs choses d'adultes, auxquelles je ne comprenais rien, juste qu'il s'agissait de moi, et elles me regardaient avec des visages inquiets. Je me sentais comme une crotte de chien, et je n'ai plus osé demander quoi que ce soit.

La dame malpolie est revenue plusieurs fois, et j'ai préféré me cacher dans ma chambre. Mais une fois, elle a insisté pour visiter ma chambre. J'ai refusé, mais elle m'a répondu qu'elle était obligée, pour «vérifier» des choses. Elle a ouvert mes tiroirs et a regardé des dessins que je ne voulais pas qu'elle voie. Une autre fois, j'ai découvert que mes jouets avaient été déplacés pendant la journée. C'était clair, car je les rangeais d'une certaine manière, pour mes jeux.

Il manquait Baloo, l'ours en peluche que mon père m'avait offert, et mon seul souvenir de lui. Je ne l'ai jamais revu.

Je n'ai pas pleuré. Je commençais à m'habituer à voir disparaître des morceaux de ma vie, un par un.

Lorsque j'ai demandé à accéder aux dossiers me concernant, le sourire professionnel s'est transformé en un visage hargneux.
«Nous ne pouvons pas vous donner de tels détails, Mademoiselle. Les dossiers et les rapports d'enquête sociale sont secrets»
Je la regardais avec incrédulité.
J'avais attendu des années pour connaître la vérité.
J'avais fait un voyage coûteux.
J'avais encore attendu des heures dans cet horrible endroit anti-vie.
Juste pour entendre cette punaise me répondre que je n'avais pas le droit de savoir?

J'ai murmuré, d'une voix tremblante:
«Mais... mais... je suis la victime
-Mademoiselle, je sais très bien que vous êtes la victime. Tout a été fait pour vous protéger, vous et vos intérêts.
-Mais mon intérêt a été piétiné... pourquoi j'ai été privée de mon père?»
Le visage sévère fit place à un sourire joyeusement sadique:
«Mademoiselle, c'était pour votre protection. Il y a eu trois procédures contre votre père. Une en mai 2010 pour mauvais traitements à enfants. Comme c'est le juge des enfants, tout est secret. Deuxièmement, il y a eu en janvier 2011 un jugement des affaires familiales fixant le droit de votre père à vous rendre visite, ou à vous accueillir chez lui. Mais ce droit a été suspendu, lorsque la troisième procédure a débuté en Septembre 2011: une plainte contre votre père pour contacts sexuels sur vous. Je suis désolée de vous le rappeler», fit-elle sans aucune compassion, montrant au contraire un sourire étrange et des yeux brillants à l'évocation de sexualité infantile. «Cette procédure n'a pas abouti, puisque votre père est mort d'un cancer des os en Décembre 2011. Il n'y a donc aucun rapport, ni conclusion».

J'étais sidérée. Qu'il soit mort, je le savais, bien qu'on ne m'ait jamais donné de détails. Mais pour la pédophilie... Cela n'avait aucun rapport avec quoi que ce soit dont je me souvienne avoir vécu avec lui. Il ne m'avait jamais touchée, et il n'a jamais eu de remarque de ce genre. Il était le plus gentil et le plus respectueux de tous les papas, et le plus beau souvenir de mon enfance. C'était la seule personne valable que j'aie jamais rencontrée à cette époque.

Comme au moment où, étant enfant, j'avais réalisé que je ne verrais plus jamais mon père, mes lèvres se sont mises à se tordre... c'était comme si mon père m'avait été volé une seconde fois... J'étais frustrée de la vérité, je ne saurais jamais ce qui s'était réellement passé, qui l'avait faussement accusé d'une chose aussi horrible, et pourquoi ces personnes voulaient tant nous séparer, me priver de son amour, de son sourire et de son éducation.

Que signifiait avoir 18 ans? Pour ces gens, j'étais encore une mineure, même pas une personne, juste un dossier, un objet à qui on ne permettait aucun sentiment.

Cette femme manipulait un dossier de 12 cm d'épaisseur, plein de papiers et de sous-dossiers: mon «dossier». Il contenait toutes les accusations, les jugements et les «enquêtes sociales» qui, je le sais, détaillaient tous les mensonges et les actes sadiques contre moi et contre mon père. Plus les noms de tous ces inconnus qui avaient travaillé pendant des années, dans le seul but de ruiner ma vie, lâchement protégés de mes sanglots d'enfants dans leurs bureaux bien chauffés et de leurs idéologies abrutissantes. La vérité était là, à 30 cm devant moi. Mais plus inaccessible que si elle était séparée de moi par des années-lumière de mauvaise volonté, d'hypocrisie et de tête de cochon.

J'essayais: «Pourrais-je au moins avoir... une copie de ces fichiers?
-Mademoiselle, vous n'avez pas le droit», répondit-elle avec colère, comme si je demandais quelque chose de malhonnête.
«Mais…
-Le seul document public ici est le jugement des affaires familiales fixant les droits de votre père à votre égard.
-Mais ce ne sont pas ses droits... c'était MON droit de voir mon père!
-Ceci un débat philosophique dans lequel je n'entrerai pas. Vous êtes libre de vos opinions, mais la loi est claire, et elle fixe les droits des parents, pas ceux des enfants». J'avais étudié un peu de philosophie à

l'école... J'avais quelques notions de base, notamment que la philosophie produit la loi, et non le contraire. Non seulement cette femme était insolente et mauvaise, mais elle était aussi une sophiste et une manipulatrice.

Bon, je m'attendais un peu à ça. Aussi j'avais préparé une dernière cartouche:
«Bon, madame, de toute façon j'ai besoin de ce jugement des affaires familiales, pour obtenir une bourse d'étude. Ma mère ne peut pas beaucoup m'aider, vous savez, puisqu'elle a perdu son emploi et qu'elle est au chômage…
-Si vous voulez une copie de ce jugement, vous devez écrire une lettre recommandée au greffe du tribunal. Si je peux vous être utile à autre chose, il suffit de demander, je le ferai avec plaisir» a t-elle conclu d'un ton qui exprimait exactement le contraire.

Je suis finalement sortie de ce lieu qui était censé me protéger, mais qui avait grossièrement échoué à le faire. Au lieu de cela, il m'avait torturé et brisé ma vie. Même la chaleur du soleil de printemps et la gaieté des fleurs me semblaient vaines. Il me fallait donc continuer à vivre avec la moitié de moi-même manquante. Continuer à répondre au bonjour des gens comme si tout allait bien.

Mais rien ne va quand des abus aussi incroyables sont possibles.

CHAPITRE 2: L'EXPÉRIENCE

(A propos de Joan, à la troisième personne)

Un chalet de bois, quelque part dans le Montana, à l'écart d'une petite ville de l'Ouest, au milieu d'un fantastique paysage de montagnes couvertes de forêts.

Il avait l'apparence d'une halte pour randonneurs, avec des murs en planches et un toit en fibre de verre. Sur un côté s'appuyait un abri pour une voiture usée. Plus un jardin, un tas de bois de chauffage et une station de nourrissage pour les oiseaux. L'endroit était même un peu en désordre, comme souvent quand des gens vivent seuls dans la forêt.

Mais il y avait une grande antenne parabolique Internet cachée dans le grenier bas, plus des radars et des caméras avertissant des visiteurs inattendus.

Joan vivait ici la plupart du temps. Lorsqu'elle était dehors, elle portait des bottes et des vêtements de treillis, comme les habitants du coin. Souvent, on pouvait voir des randonneurs dans les environs, et même parfois certains passaient une nuit ou deux dans le chalet de Joan. Mais ce n'étaient pas vraiment des randonneurs.

Joan n'était pas une touriste, ni une amoureuse de la nature à la retraite. Bien sûr, elle aimait beaucoup cet endroit, et elle se promenait souvent dans la forêt majestueuse à l'entour. Mais en réalité, c'était une scientifique, une doctoresse universitaire. Rien de remarquable encore, de nombreux randonneurs avaient eux aussi des profils professionnels élevés. Mais elle n'était pas non plus une scientifique ordinaire: elle travaillait pour le projet SETI. Et, tandis que la pièce principale et les chambres du chalet gardaient un aspect assez rustique, il y avait, cachée derrière les planches, une pièce de sûreté en béton avec une porte en acier, remplie d'ordinateurs et d'autres appareils électroniques.

Et Joan préparait une expérience.

Elle avait reçu le kit entier pour l'expérience, y compris l'argent. Elle avait d'abord ouvert les fichiers du code source du logiciel principal. Elle sursauta: c'était du langage C normal, mais avec des signes currency ¤ au lieu des signes dollar $. Qu'un vieux compilateur soviétique soit encore capable de produire du code fonctionnant sous Windows 10 était étonnant. Il fallait qu'il soit encore activement maintenu. Ah, les Russes...

Les fonds étaient enfin arrivés eux aussi, d'une manière totalement improbable et romantique. Comme beaucoup de riches entrepreneurs russes, Vassiliev devait lécher les bottes du président Poutine, pour que son entreprise obtienne des contrats publics lucratifs. Il était quand même sous surveillance, car ils se doutaient probablement de quelque chose. Ou simplement parce que dans ce système paranoïaque, tout le monde était suspect. Il devait utiliser des moyens détournés pour transférer les fonds, et Joan venait de recevoir ses références, codées dans un fichier .png, sur le site d'un détaillant de fleurs au Portugal. Elle n'aimait pas cet aspect des choses, mais d'un autre côté, elle ne voulait pas que Vassiliev ait des ennuis. Elle aussi se devait d'être discrète, même si aucun d'entre eux ne faisait quoi que ce soit de malhonnête ou même illégal.

Le matériel, Joan l'avait déjà. Il s'agissait d'une collection de REG, Random Numbers Generators (Générateurs de nombres aléatoires), de type Araneus, qui se présentent sous forme de clés USB. Pas sûr que la jonction semi-conductrice en polarisation inverse soit la meilleure méthode, mais pour avoir mieux, ils devaient construire leurs propres REGs. C'est à cela que servait l'argent de Vassiliev. Joan devait le transmettre à Anzu «Abricot», comme commande privée pour sa société à Honshu, au Japon. En attendant la solution d'Anzu, Joan devait commencer les tests avec une batterie d'Araneus, chacun ayant été commandé sous un nom différent. Au moins, avec toute cette électronique, elle n'aurait pas besoin de chauffage supplémentaire pendant son hiver glacé du Montana. De fait, elle utilisait la ventilation de sa salle informatique pour chauffer la salle commune, avec ses puissants ordinateurs fonctionnant 24 heures sur 24, 7 jours sur 7 pour SETI@home.
Des générateurs analogiques électroniques véritablement aléatoires étaient déjà à la base de l'expérience du Global Consciousness Project et de l'expérience PEAR. Ces expériences ont démontré l'influence de la conscience sur les systèmes matériels véritablement aléatoires, au prix toutefois d'un recours massif aux statistiques, pour détecter des effets

très faibles grâce à un grand nombre de tirages au sort.

Le principe est que, lorsque nous faisons des tirages aléatoires, la précision augmente en fonction de la racine carrée du nombre total de tirages. Par exemple, les sondages politiques interrogent environ un millier de personnes, pour une précision (théorique) de 1%. L'expérience PEAR a réalisé des dizaines de millions de tirages, soit une précision meilleure que 0,01%. Elle a ainsi pu détecter un petit effet de la volonté de l'opérateur, entre 0.1% et 1%, sur de nombreux types de systèmes aléatoires: mécaniques, hydrauliques, électroniques, quantiques. C'était suffisamment précis pour montrer que, contrairement aux générateurs analogiques, les générateurs numériques pseudo-aléatoires ne montrent aucun effet ((Note de l'auteur: j'avais théorisé cela dès 2000)). Le Global Consciousness Project a effectué des milliards de tirages aléatoires automatiques, en utilisant des générateurs électroniques comme l'Araneus, ce qui lui a permis de détecter une réactivité très significative à une centaine de grands événements émotionnels mondiaux. Après avoir atteint leur but, les deux expériences sont maintenant arrêtées, en attendant des progrès du côté de la théorie.

Tristement, ces résultats, malgré leur incroyable signification philosophique, ont été totalement ignorés par la communauté scientifique académique. Dans certains cas, ils ont même été «contestés», en utilisant de bizarre arguments statistiques ad-hoc, des accusations psychologiques, ou en disant qu'un résultat sans théorie est «non significatif». En particulier, les résultats de l'expérience PEAR ont été retirés du site de l'Université Princeton. Mais ils sont toujours visibles sur le site de l'ICRL (http://pearlab.icrl.org/).

L'idée de Vassiliev était de multiplier le nombre de générateurs aléatoires, afin d'augmenter ces petits écarts statistiques et obtenir des signaux en temps réel utilisables, au lieu d'avoir à accumuler des données sur plusieurs années. Bien sûr, ils utiliseraient plusieurs générateurs aléatoires, mais au lieu de faire une moyenne statistique de leurs résultats, ils les placeraient dans un réseau neuronal électronique. Ainsi, espérait-il, les écarts se multiplieraient-ils les uns les autres, au lieu de juste s'additionner. Anzu créerait un tel circuit intégré contenant plusieurs couches de neurones artificiels, et il lui ferait apprendre chacune des sorties souhaitées, principalement l'alphabet. Mais au lieu d'être alimenté par des images de lettres, il recevrait un «bruit» aléatoire, chacun sur une entrée supplémentaire «Upsilon». De cette façon, ce réseau artificiel fonctionnerait comme un réseau neuronal naturel, lorsque nous effectuons un choix de libre arbitre, comme expliqué au chapitre V-3 de «Epistémologie Générale».

De plus, comme l'explique le chapitre V-18 du même livre, afin d'émuler les propriétés des neurones biologiques, il devait s'agir d'un réseau analogique, avec des signaux entièrement analogiques, où les générateurs aléatoires injecteraient un bruit analogique soigneusement dosé. Cette combinaison intelligente de signaux dans un réseau neuronal déjà entraîné devait être beaucoup plus sensible que la simple moyenne statistique de nombreux signaux aléatoires. Ils espéraient ainsi multiplier la détection par mille.

Mais ce n'était pas suffisant: ils avaient besoin d'une augmentation importante du signal lui-même, côté conscience, avant qu'il n'entre dans le REG. Ça, c'était le travail de Namgyal, «le Tibétain».

Namgyal était un tulkou. Il était né en Chine, d'une famille tibétaine. Il vivait à Shanghai, dans un appartement d'ouvrier ordinaire, et l'abondance de bouchons d'oreille dans ses poubelles était le seul moyen de savoir qu'il méditait quotidiennement. Namgyal avait demandé aux émissaires secrets de Dharamsala de ne pas faire savoir qu'il était un tulkou. Il savait qu'il était dans une position dangereuse, et qu'il devait se tenir à l'abri des soupçons de son gouvernement, pour ses objectifs spécifiques en Chine. Namgyal avait brillamment terminé ses études universitaires en sciences, et il avait commencé à travailler dans l'astronomie. Il collaborait occasionnellement au SETI, qui en Chine était beaucoup plus en faveur que la spiritualité. Mais il était toujours un vrai tulkou, et une personne de haut niveau spirituel, attendant simplement son heure pour agir. D'ici là, il aidait d'autres projets positifs, comme celui de Vassiliev, ou il formait en secret un groupe d'étudiants sélectionnés, à des méthodes spirituelles spéciales. La Chine aurait fort besoin d'eux, quand leur temps serait venu.

Vassiliev, Joan, Namgyal, Anzu et quelques autres s'étaient rencontrés lors d'un congrès du SETI Breakthrough Initiative. Comme le SETI était désormais bien accepté dans chacun de leurs pays, il leur offrait une couverture sûre pour une recherche beaucoup plus profonde: comment une conscience pouvait-elle contrôler directement un dispositif matériel! Lorsque vous entendez parler de ce genre de recherches, on vous montre des images de crânes couverts d'électrodes. Mais cela ne fait que relier le cerveau et ses impulsions neuronales, pas la conscience elle-même. L'idée de Vassiliev était de connecter la conscience elle-même, ce qui est une entreprise totalement différente. Ils avaient donc décidé de ne pas faire intervenir de cerveau du tout. Cela supprimait radicalement toute l'activité cérébrale qui, jusqu'à présent, nuisait à ce genre de recherches, avec ses excitations neurales aléatoires. L'activité de l'ego, disaient-ils.

Ce qu'ils voulaient essayer, était de permettre à une personne MORTE d'utiliser leur détecteur, depuis le Grand Au-Delà.

Précisément, Namgyal avait accès à l'un de ces endroits, où il avait l'habitude de prendre un peu de repos entre deux de ses actives incarnations. Ce qui lui offrait des opportunités très spéciales. Ainsi, ils étaient en train de préparer une de ces grandes expériences scientifiques, du genre que la science ne produit qu'une fois par génération. Mais cette fois se serait la science du 21eme siècle!

CHAPITRE 3: BONHEUR CONDITIONNEL

(Par Christine, à la première personne)

Bien sûr, dès le lendemain de cette visite au tribunal, j'ai écrit la lettre pour obtenir le jugement.

Deux jours plus tard, j'ai reçu l'accusé de réception.

Et…

rien.

Des semaines, puis des mois ont passé sans aucune nouvelle.

Pendant ce temps, j'ai essayé plusieurs autres voies, comme les services sociaux. Mais où que j'aille, j'obtenais toujours la même réponse: ils avaient tous d'épais dossiers sur moi, mais pas moyen de me laisser seulement les regarder, même pas une petite idée de ce qu'ils contenaient. Dans plusieurs cas, on m'a proposé une «aide psychologique», pour «surmonter mon traumatisme». Ces malades ramenaient toujours la discussion sur les fausses accusations de pédophilie, qu'elles considéraient toutes comme véritables. Pour eux, ma recherche des documents était une demande déguisée pour obtenir leur «aide». Je pouvais leur dire vingt fois qu'il ne s'était rien passé de sexuel, ils disaient toujours que j'étais dans la négation, des souvenirs refoulés, ou que je cherchais de l'aide pour mon traumatisme. Pour eux, j'étais encore une fillette de 10 ans.

J'ai aussi essayé les associations d'aide aux pères isolés victimes d'abus judiciaires. Mais la plupart étaient fermées, sauf une qui s'était transformée en simple façade pour un parti politique d'extrême droite. Bien sûr, ils «m'aideraient»... si j'acceptais leurs sombres objectifs. Il y avait de quoi être terrifié, et j'ai planté là le représentant, avec un simple au revoir glacé.

J'ai aussi essayé quelques avocats. Les réponses étaient plus nuancées, mais pas plus utiles. Bien sûr, ils m'ont tous dit qu'ils pouvaient m'aider. Mais pas pour obtenir les documents! C'était la loi, et je devais «comprendre» que je devais la respecter. Bien sûr, il était toujours possible de rouvrir les dossiers... mais pour cela, je devais prouver qu'il y avait eu une irrégularité. Mais pour cela, il fallait d'abord savoir ce qu'il y avait dans les dossiers! J'ai vite compris qu'ils voulaient juste mon argent. Ou pas, puisque je dépendais encore de ma mère pour mes études, de sorte que je ne pouvais leur apporter que l'aide juridictionnelle de base. Pour eux, j'étais un trop petit poisson, qu'ils rejetaient à l'eau sans se soucier de savoir si j'étais encore vivante ou non.

Près d'un an après la disparition de Papa, j'avais commencé à refaire ma vie autrement. Bien que rien ne pouvait vraiment remplacer sa gentillesse et son soutien. J'ai aussi évité d'aimer des objets comme les jouets, car plusieurs autres ont également disparu. Une fois, je me suis plaint à ma mère. Comme je m'y attendais, elle a juste répondu que j'étais parano. Dans sa bouche, c'était une menace implicite sérieuse, de m'envoyer au psychiatre. Aussi j'évitais cette discussion. De toutes façons, elle était devenue Madame Silence, ne parlant jamais de rien avec moi, sauf des choses banales de la vie. Heureusement, elle avait cessé de recevoir ses amies et de faire des fêtes bruyantes avec elles. Mais parfois, la dame impolie se pointait, et elles chuchotaient dans le salon, sur un ton de conspiration, alors que j'étais dans ma chambre. Je ne pouvais pas comprendre ce qu'elles disaient, sauf mon nom qui revenait par moments.

Habituellement, cela se terminait avec la dame malpolie entrant dans ma chambre, me parlant comme à un bébé, me faisait de grands sourires et me tripatouillant les joues. Elle me complimentait d'être une gentille fille et me demandait si j'avais besoin de quelque chose. Cette ordure sadique le savait très bien, ce dont j'avais douloureusement besoin avant tout, que tout enfant dans le monde a besoin exactement de la même façon. Une seule fois, j'ai répondu «mon père» (j'avais appris ce mot à l'école). Je ne l'ai plus jamais fait: la dame malpolie a fait un pas en arrière, avec un regard sévère et menaçant. Puis elle a refait son sourire hypocrite, en disant que je pouvais demander une aide psychologique si je le voulais. C'était encore un mot nouveau, mais je me méfiais maintenant de quoi que ce soit venant de cette personne, comme d'une nouvelle menace ou torture. J'ai juste fait un timide non, et je ne lui ai plus jamais répondu. Elle avait l'air satisfaite.

Un jour, ma mère était en colère et très excitée, me grondant et me poussant à «faire mes bagages». Elle avait acheté un sac de voyage, et j'ai dû y fourrer toutes mes brosses à dents, mes chaussettes, beaucoup de sous-vêtements et surtout quantité de vêtements chauds, comme si je devais aller en Sibérie. C'était la toute première fois que je faisais une telle chose, j'avais besoin d'un peu de temps pour comprendre ce que je devais emporter, et avant tout ce que tout cela signifiait.

Puis la sonnette résonna... et j'entendis une voix…

Papa!!!

D'abord je n'arrivais pas à y croire... il ne souriait pas, et il était habillé tout en gris comme la dame malpolie. Il avait le froid de l'hiver sur les joues. Mais c'était vraiment lui! En silence, il a pris ma main, et mon sac avec son autre main. Ma mère a fait quelques remarques colériques, auxquelles il n'a pas répondu. Pendant que nous descendions l'escalier, nous l'entendions encore crier présent tous les voisins que papa devait vérifier que j'étais bien lavée et mes slips propres. Nous entendions encore sa voix s'estomper pendant qu'il commençait à conduire sa voiture.

Papa m'a conduit en silence jusqu'à sa petite maison. Il m'a juste posé des questions générales, ne souriant plus comme avant. Plus tard, j'ai compris qu'il avait été brisé d'une certaine façon, et qu'il ne savait plus sourire. Mais il était toujours mon père aimant!

Il m'avait préparé une petite chambre, qui sentait encore la peinture. Il y avait même certains de mes anciens jouets, mais ils étaient trop enfantins maintenant.

Puis nous avons parlé.

Pendant des heures.

Jusqu'à une heure du matin passée.

Il m'a expliqué.

Ma mère avait cessé de l'aimer.

Il était si triste de dire cela.

Pendant quelques années, ils purent faire comme s'ils avaient une vie normale. Mais il devint trop difficile pour elle de cacher sa haine.

«Pourquoi a-t-elle cessé de t'aimer?» lui demandai-je.
Il a eu juste un regard triste. Il n'y a pas de réponse concevable à cela.

Alors ma mère a demandé la séparation (pas le divorce, car ils n'ont jamais été mariés).

À partir de là, toutes sortes de personnages sont entrés en scène: les travailleurs sociaux, les enquêteurs, les avocats et enfin le juge. Tous ces fossoyeurs de l'amour qui viennent disséquer les familles, au lieu d'aider à résoudre les problèmes. Chaque fois que papa introduisait un nouveau mot, j'imaginais une autre de ces dames grises et impolies, dont le seul but dans la vie semblait être de rendre les enfants malheureux et solitaires.

Il a fallu plus d'un an à tous ces gens pour comprendre que j'avais besoin de mon père. Et encore, ils ne m'ont accordé ce droit que à contrecœur et avec avarice: un week-end sur deux, et la moitié des vacances. Comme si je ne méritais vraiment pas cette faveur.

C'est ainsi que j'ai commencé une double vie. La semaine, une vie silencieuse dans le monde gris de ma mère, où la seule chose que je pouvais faire était les devoirs, ou la lecture (l'école était un bon prétexte pour cela). En plus, elle a commencé à m'ordonner de faire du ménage, venant souvent en colère m'interrompre dans ma chambre alors que j'étais en plein dans un exercice. Et bien sûr, pas d'Internet ou quoique ce soit de ce genre, nous n'avions même pas d'ordinateur. Heureusement, la dame grise malpolie ne venait plus.

Les mauvais week-ends, je m'ennuyais, et je n'avais pas le droit de sortir, sauf pour le «sport», comme jouer au badminton, une autre de ces non-activités juste pour gâcher du temps de vie, inventées par des adultes siphonnés qui détestent la vie. Je lisais donc beaucoup. Heureusement, ma mère ne vérifiait pas mes lectures, car je ne la «dérangeais» pas quand je lisais. Je n'ai jamais compris à quoi elle passait tout son temps. Je soupçonne qu'elle regardait des films pornos dans sa chambre (strictement interdite d'accès pour moi), et que ce serait la seule raison pour laquelle je n'ai pas été soumise à la torture d'entendre sa télévision tout le temps. Il me fallait tout de même supporter deux ou trois feuilletons, pendant lesquels il me fallait attendre la fin sans rien pouvoir faire.

Les bons week-ends, j'étais heureuse avec mon père, pensant aux jeux, à la nature, aux promenades dans la forêt. A la maison, il était inépuisable sur la science et la géographie. Ma mère voulait que j'apporte mes devoirs ici, mais je préférais de loin être avec mon père, alors je m'arrangeais pour faire tous mes devoirs pendant que j'étais avec ma mère (puisque je n'avais rien d'autre à faire là-bas). Je lui ai souvent demandé d'expliquer certains points que je ne comprenais pas, surtout en mathématiques. Les mathématiques sont tellement difficiles pour les enfants. Surtout pour les enfants privés du soutien affectueux de leurs parents.

Papa avait toujours son ordinateur, et Internet. Il ne me laissait jamais seule devant lui, car, disait-il, il y avait des «mauvais sites» nuisibles aux enfants, qui peuvent apparaître à l'improviste. Mais il y avait beaucoup de choses fantastiques, comme Google Earth où l'on peut littéralement voler au-dessus de pays lointains. C'était mille fois mieux que l'école, où nous ne faisons que parler. Il me permettait d'y rester pendant des heures. Nous pouvions même explorer Mars comme si nous étions des cosmonautes!

Il y avait aussi les mondes virtuels, comme Second Life, et surtout Inworldz. Parfois, il me montrait les paysages fantastiques de cet endroit. Il y en avait un qui s'appelait «Eire», dans Inworldz. Je ressentais un désir intense d'avoir aussi un «avatar» et d'explorer ces lieux, de rencontrer les Elfes et les Fées que je voyais à l'écran, et de parler avec eux de choses belles et magiques. C'était comme si le monde des contes devenait réel, comme si le monde de nos jeux et de notre imagination devenant visible et permanent. J'ai compris que les mondes virtuels ont ce pouvoir fantastique, mais papa disait qu'ils sont aussi utiles pour son travail.

Mais quand j'ai demandé à Papa comment me créer un personnage, il m'a répondu que les enfants n'étaient pas autorisés dans Inworldz, et chichement dans Second Life.

«Mais pourquoi?» lui ai-je demandé, faisant de nouveau face aux règles absurdes des adultes, au racisme anti-enfants. Il a hésité, et il a jeté un regard triste pour répondre à voix basse:

«Parce que ces gens pensent que le sexe est plus important que les enfants».

Le sexe, j'avais appris ce mot récemment, à l'école, avec l'éducation sexuelle. Une fois, malgré la prudence de papa, nous sommes tombés sur une étrange image d'une femme toute nue à l'air idiote, la taille bizarrement courbée, et de grandes lèvres rouges faisant un O. Si les adultes se cachaient des enfants juste pour regarder des seins, ils devaient être vraiment idiots. Et non, désolé, je n'étais pas choquée de voir des seins. Tous les enfants voient des seins, quand ils sont nourris au sein. Si c'était si mortel, alors il n'y aurait pas d'enfants du tout.

Ce ne sont pas les seins qui m'ont mis à l'aise, mais cette image d'un corps irréel, bizarrement déformé. Cela m'a laissé dans un état de malaise diffus, que je ne pouvais pas identifier à ce moment-là. Aujourd'hui, je comprends que cela m'a volé une partie de mon désir d'aimer un homme. La pornographie, cette caricature corrompue de l'amour, a ce terrible pouvoir. C'est pourquoi elle doit être interdite partout comme un crime, et Internet doit être accessible à tout le monde, comme le sont les rues.

Le fait que les enfants ne soient pas autorisés dans les mondes virtuels, juste pour les fantasmes sexuels d'une petite minorité, m'a frappé comme une énorme injustice. C'est de ce genre de choses que vient ce sentiment si répandu chez de nombreux enfants, qu'ils sont rejetés par la société. Sentiment qui continue quand ils sont adultes: crainte d'être inadéquat, plus la terrible peur d'échouer, gravée au fer rouge dans le cerveau par des années de chantage et de culpabilisation à l'école.

J'ai été heureuse avec mon père pendant quelques mois, y compris pendant de fantastiques vacances d'été où nous avons vécu dans la nature, avec même un voyage à la mer. Nous ne pouvions rester ici que trois jours, parce que c'était «cher». Mais je garde un souvenir fantastique de la chaleur de l'été sur ma peau, avec la fraîcheur de l'eau de l'océan. L'odeur du vent, le sable qui colle à ma peau, tout cela reste comme de merveilleux souvenirs. Depuis, j'ai pu retourner à la mer, mais quand on a perdu le bonheur originel, on ne le retrouve jamais vraiment.

A la fin des vacances, papa m'a ramené chez ma mère, en me disant au revoir pour le week-end suivant.

Ce fut la toute dernière fois que je l'ai vu.

CHAPITRE 4: LÉO

(A propos de Léo, à la troisième personne)

Le double coup du diagnostic de cancer et des accusations de pédophilie avait frappé Léo à quelques semaines d'intervalle seulement.

Léo s'était fait immédiatement saisir son ordinateur, sans aucun avertissement, sans lui laisser une seconde pour dire au revoir à ses amis ou pour sauvegarder ses données. C'est ce qui rend les lois sur la pédophilie si particulières, comme l'inquisition: une fausse accusation suffit pour être considérée comme coupable, puni et exclu de la société, avant toute enquête ou même simple vérification des faits. Ainsi, si jamais quelqu'un vous accuse faussement, ami lecteur, vous ne pourrez même pas lire la fin de cette phrase: la sonnette de votre porte retentira, et tous vos ordinateurs et copies de sauvegarde seront confisqués. Emprisonné dans votre propre lieu de vie, vous perdrez soudainement tous vos amis et toute votre vie sociale, et vous serez alors aussi isolé qu'un paysan du Moyen Âge dans sa baraque de chaume. Et aucun moyen de récupérer vos ordinateurs pendant des années, même si vous êtes lavé de toute accusation. C'est ce qui est arrivé à Léo, interrompu en pleine conversation avec une charmante fée de Inworldz. ((Note de l'auteur: je connais un cas réel d'innocent accusé à tort, qui est resté puni plusieurs années de cette façon, bien qu'il ait été blanchi le jour même de l'accusation par ses supposées victimes. La justice l'a finalement reconnu innocent, mais pas wikipedia))

Mais ce n'était pas le pire: il sut que sa fille bien-aimée Christine ne le reverrait plus jamais.

Il a d'abord été interrogé par un officier de police, qui lui a parlé avec sévérité. Répondre à des questions sur la sexualité de sa petite fille, devant plusieurs inconnus, dépassait les forces de Léo. Il a pleuré et les a suppliés d'arrêter. Finalement, ils n'avaient pas l'air convaincus de sa culpabilité. Mais ils étaient probablement les seuls.

Le juge chargé de l'enquête est resté vague, neutre, insensible. Il s'est abrité derrière «l'enquête». «Combien de temps cela prendra-t-il» a demandé Léo. «Quelques mois» a répondu le juge. «Quand vais-je récupérer mon ordinateur» a-t-il demandé à nouveau, sans réponse cette fois. Il a proposé de récupérer au moins une copie de ses données, avec une clé USB, mais il n'a jamais reçu de réponse.

En quittant le bureau, il a entendu le juge se moquer de lui avec sa secrétaire. C'était tellement irréel qu'il n'a pas pu réagir sur le coup.

Léo n'a pas été envoyé en prison, mais on lui a interdit de s'occuper de sa fille. C'est ainsi que Christine a été la première punie, par qui que ce soit qui avait porté les fausses accusations. Léo n'a jamais su qui les avait faites, mais il soupçonnait la vengeance de sa mère, pour le bonheur qu'il avait donné à sa fille pendant les vacances d'été. Ou peut-être un travailleur social, il connaissait une femme en particulier, qui était vraiment mauvaise et sexiste.

Léo ne s'est jamais senti aussi inutile et abandonné que pendant ces semaines.

Si bien que lorsque le diagnostic du cancer est arrivé, ce fut un moindre inconvénient.

Et même une libération.

En effet, avoir le sens même de notre existence menacé par la diffamation est bien pire que d'avoir seulement notre vie menacée par la maladie. La torture des procédures douloureusement lentes et incertaines est pire que la douleur physique qui ronge notre corps de l'intérieur. Au moins, le cancer n'est qu'un mal naïf, une chose inconsciente, sans aucune intention, que les médecins nous aident sincèrement à combattre. Mais tous ces enquêteurs, avocats et juges le torturaient sciemment, et derrière leurs portes closes, ils riaient de son visage désespéré, tout en se félicitant les uns les autres de se sentir justes et honnêtes.

Tout comme la haine de son ex-conjoint, la tumeur avait progressé silencieusement pendant des années, et elle était déjà avancée lorsque les premières douleurs sont apparues. Le traitement devait commencer immédiatement. Léo est entré à l'hôpital, où il a subi l'épreuve de la chimiothérapie. Pendant un mois ou deux, la tumeur a cessé de se propager, et elle semblait même se résorber. Mais la douleur est revenue, nécessitant une seconde chimiothérapie et d'autres analgésiques.

Ce second traitement a de nouveau échoué. Cette fois, Léo ne se faisait plus d'illusions: plusieurs métastases étaient clairement visibles, croissant rapidement. Il ne fut donc pas étonné d'être finalement envoyé dans une unité de soins palliatifs. Léo savait ce que cela signifiait: il ne lui restait que quelques semaines à vivre.

Et sa fille ne le reverrait plus jamais.

Quelque chose lui disait que tous ces lâches attendaient simplement qu'il meure, pour s'économiser l'effort et la responsabilité d'une véritable enquête, laissant son innocence improuvée pour toujours. Et de fait, il ne s'est plus rien passé de son vivant.

Le service de soins palliatifs était un peu mieux que les chambres d'hôpital standard. Bien que Léo ait du encore se battre contre une infirmière qui voulait lui imposer un poste de télévision, une autre infirmière frustrée qui lui parlait comme à un bébé, et quelques autres désagréments. Du côté positif, le service était plus calme, on lui donnait de meilleurs anti-douleurs, et il était soulagé. Mais ces médicaments le rendaient incapable de vraiment méditer, juste de faire des visualisations.

Sa famille lui a rendu visite quelques fois, mais il a fini par trouver déprimant ces regards vides et terrifiés et discussions vides. Il a donc pris prétexte d'être trop fatigué pour éviter de les revoir. Ils sautèrent sur ce prétexte. Ces gens n'avaient aucune compassion, ils avaient juste peur pour eux-mêmes, sachant très bien qu'à tout moment ils pouvaient être à leur tour dans la chambre de Léo.

Et bien sûr, son ex-femme n'est jamais venue, et sa fille Christine n'avait pas pu le voir depuis des mois. Cette femme lui avait d'abord dit qu'elle l'aimait, mais elle s'était mise à le harceler dès qu'ils vécurent ensemble. À un moment donné, elle s'est tellement mise en colère après lui qu'elle a demandé une séparation. Ce qui résulta en une lutte d'un an contre les services sociaux et les tribunaux, avant que les juges ne permettent à Christine de le revoir, et encore seulement pendant quelques week-ends et les vacances d'été. Puis sont venues les terribles accusations de pédophilie, et maintenant, ils ne lui disaient même pas comment allait la fille, disant toujours qu'ils la «protégeaient». Inutile de dire qu'après une telle épreuve, Léo se méfiait de tout ce qui avait trait à l'amour, et il serait incapable de seulement approcher une femme. Il pensait, si jamais il survivait, plutôt passer le reste de sa vie dans un monastère, que de repasser par toute cette hypocrisie.

Léo ne pouvait pas vraiment méditer, mais, la nuit, quand les bruits de l'hôpital étaient éteints, il pouvait réfléchir. Il avait encore quelques pratiques spirituelles à sa disposition, comme «accepter la situation»: pourquoi ajouter les soucis et la révolte, cela n'a jamais changé les faits. Sa vie se terminait donc beaucoup plus tôt que prévu... Parfait, il lui restait juste à se préparer pour après.

Bien, mais c'est facile à dire. C'est un bon conseil dans un cours de méditation agréable, avec des jeunes et une marge confortable de plusieurs dizaines d'années. Mais maintenant, c'était une question de semaines, enfermé dans un hôpital froid et avec ses capacités diminuant rapidement. Sans oublier la peur physique de la mort et de l'agonie... ce serait un passage difficile, certainement.

Autre inquiétude: il était toujours incapable de se connecter à ses amis dans le monde virtuel Inworldz. Le service hospitalier semblait incapable de comprendre qu'il devait rester en contact avec ses amis. Lorsqu'il insistait, il n'obtenait que des regards vides. Finalement, ils lui ont fourni un vieil ordinateur portable avec des jeux vidéo, afin qu'il puisse «jouer à l'ordinateur». Mais on ne lui a pas fourni de connexion Internet, même pas un mauvais wifi. Il aurait bien aimé dire au revoir à ses amis de Inworldz, et il a dû renoncer à son projet d'y avoir un lieu à lui, en utilisant certains des merveilleux éléments qu'il avait repérés. Il a également dû faire une croix sur tout cela aussi. Tout ce qui resterait de lui dans le virtuel serait une de ces tristes lignes dans les listes de membres des groupe, disant simplement quelque chose comme «dernière connexion le 20 septembre 2011» (Comme Inworldz a disparu depuis, vous ne trouverez même pas cette ligne aujourd'hui).

Pour sa fille Christine, il s'est arrangé avec le notaire, afin qu'elle hérite de sa petite maison à 18 ans. Une maison fermée pendant plusieurs années, tant de choses pouvaient mal tourner... heureusement, il y avait les revenus du petit champ photovoltaïque. Il a remis tout cela à sa fille, plus une lettre pour expliquer ce qui s'est passé et pourquoi il avait dû quitter la maison. Dans l'espoir qu'elle comprenne encore, après toutes ces années de lavage de cerveau par sa mère et les services sociaux... Il savait que tant d'enfants étaient éteints, après un tel traitement, et qu'ils faisaient alors partie de ces innombrables «gens ordinaires», avec lesquels on ne peut parler de rien.

Un matin, il s'est réveillé, voyant sa chambre éclairée d'une douce lumière verte. Le temps de secouer la tête, et l'obscurité habituelle était revenue. Il se sentait de plus en plus fatigué, et son esprit était vide. Il savait que la fin n'était plus qu'une question de jours.

De plus en plus de choses de ce genre se produisirent. Un matin, il sentit clairement la présence d'une merveilleuse dame blonde avec des froufrous et des rubans verts, pure comme un ange, et en même temps très sensuelle et intense. «Hallucinations hypnagogiques», fit l'infirmière avec un sourire fier. Oui, bien, des hallucinations... Inutile de demander à cette infirmière quelles étaient ces visions, elle n'avait rien de plus à lui dire que les poissons de l'aquarium. Et au moins, ces derniers ne le claironnaient pas bruyamment toute la journée.

Heureusement, Léo savait mieux que ça. Il avait lu tout ce que la science savait sur la NDE et sur les personnes ayant des visions préliminaires, appelées «visions du lit de mort», dans les jours ou les heures précédant la mort. Mais être confronté à la réalité était si différent... surtout que concentrer son attention sur les visions les faisait disparaître en un clin d'oeil! C'était très frustrant.

Puis, une nuit, il sut que son heure était venue. Il craignait une grande souffrance, d'étouffer, d'entendre son coeur s'arrêter... mais rien de tel ne se produisit, il a juste senti son souffle s'arrêter, comme si il relâchait ses muscles respiratoires fatigués. Et soudain, les visions étaient là, et cette fois-ci, elles ne se sont pas arrêtées! Elles ont pris toute sa conscience à la place du monde physique. C'est qu'il n'y avait plus de cerveau physique pour tenter de les saisir!

Heureusement, Léo avait insisté pour qu'il n'y ait pas de moniteur cardiaque pour crier et avertir les infirmières, de sorte que ce moment crucial fut entièrement à lui.

CHAPITRE 5: VASHYU

(Par Malyan-Léo, troisième personne)

Ces premières visions de l'au-delà n'ont pas beaucoup surpris Léo, qui les connaissait par les livres sur les NDE. Mais, sans ego pour les commenter et les interpréter, le ressenti était totalement différent! Il a donc reçu l'expérience de plein fouet, naïvement, et beaucoup plus intensément qu'il ne s'y attendait.

Il s'est d'abord retrouvé à flotter dans la chambre. Il a ressenti cette merveilleuse sensation de flotter, que nous ne pouvons ressentir que dans cet état.

Puis il a entendu une cloche d'église (oui, d'église, bien qu'il ne fut pas Chrétien).

Et puis il a vu la Lumière.

La fantastique Lumière d'amour des NDE!

Et Léo sut que tout était bien. Il n'avait plus rien à craindre, et plus aucune sorte de souffrance à venir, jamais!

La Lumière lui a aussi dit qu'il avait brillamment rempli son but dans cette vie. Quel but? Léo n'avait aucune idée d'avoir accompli quoi que ce soit d'un tant soit peu utile de toute sa vie.

Puis, il s'est engagé plus avant dans l'au-delà... Il a atterri dans un paysage somptueux de forêts et de fleurs, avec des rochers clairs et des recoins. Ses quelques réalisations en méditation lui permirent d'évaluer son état de conscience ici: c'était comme un rêve, avec les choses se passant sans sa volonté. Pas d'ego, pas d'intention, pas de plan pour gâcher l'expérience! Ses réalisations en méditation lui permettaient d'être conscient de la différence avec la vie corporelle. C'était vraiment un état merveilleux, de profiter de la beauté fantastique de cet endroit, dans toute son intensité primordiale! En plus, sans toutes les distractions et les soucis que notre cerveau génère constamment. Au contraire, les sensations allaient directement à sa conscience, sans le filtre des organes sensoriels! De sorte qu'il pouvait consacrer sa pleine attention à l'essentiel: profiter de la merveilleuse vibration de ce magnifique Éden. Et c'est ce qu'il fit! Le simple fait d'admirer en pleine conscience une si incroyable beauté était une jouissance mille fois plus grande que tout autre plaisir qu'il ait connu sur Terre!

Léo pensa que dans cet état de conscience, les personnes n'ayant aucune réalisation de méditation ne seraient que des spectateurs passifs, même si cela leur serait quand même très agréable. Mais Léo put rapidement trouver un moyen d'influencer les choses... par la Non-Action. Oui, seule la Non-Action permet de faire des choses dans l'au-delà.

Le paysage était un sol ondulé couvert de mousse d'un vert intense, comme un tapis de laine finement bouclé. Il avait la chaleur et le confort d'un vrai tapis, avec, en même temps, la vivacité fraîche de l'herbe pleine de rosée. Des sortes d'arbres courts poussaient là, juste assez hauts pour faire un abri - bien qu'il n'y ait rien de quoi s'abriter. Les troncs étaient curieusement gros, d'un magnifique brun doré. Le feuillage était compact avec de petites feuilles, brillantes comme l'émeraude de la lumière d'au-dessus - bien qu'il n'y ait pas vraiment de soleil visible. Des fleurs, des rochers et d'énormes champignons étaient éparpillés un peu partout, merveilleusement beaux avec de vives couleurs. Oui, de délicieux champignons en sucre comme sur les bûches de Noël! Mais surtout, tout semblait totalement neuf, sans une seule feuille tombée, même pas un grain de poussière. C'était tellement net que cela en paraissait non naturel, et pourtant c'était incroyablement vivant, réaliste et vibrant. Un monde où l'usure, la mort et la décomposition sont totalement inconnus!!
Tout semblait agréable et confortable, et même la sensation de contact était différente, beaucoup plus agréable. Léo comprit la remarque des témoins de NDE ou de CE4: ces visions semblent plus réelles que le monde physique. Il découvrit plus tard pourquoi: ces images surgissent directement dans la conscience, au lieu de devoir passer par les multiples filtres des organes sensoriels et d'une activité cérébrale erratique.

Puis, soudain, Léo a réalisé: cela ressemblait à un monde virtuel, juste plus détaillé, sans les approximations de ces derniers. La conclusion le frappa alors comme une preuve fantastique: fréquenter les mondes virtuels était probablement la meilleure préparation pour l'au-delà! Mais il ne savait pas encore comment construire paysages ou maisons, et bien sûr, il n'y avait pas de menus et d'outils comme dans les mondes virtuels. Mais il essaya de méditer sur les fleurs qu'il voyait, et il a vite réussi à en faire se balancer une. Il a essayé à plusieurs reprises de la balancer et de l'arrêter, de la balancer à nouveau, et de la pencher sans se balancer, de sorte que ce n'était clairement pas une coïncidence.

Il y avait un village ici, avec de merveilleuses petites maisons ressemblant à de grandes fleurs. Elles avaient la vibration pure et les couleurs délicates des fleurs, même celles qui étaient comme de la verdure ou de l'écorce. Elles étaient rassemblées autour d'une petite clairière avec de grandes fleurs et une sorte de piste de danse au milieu. Cela aurait pu être un endroit merveilleux pour les elfes dans Second Life! Mais avec beaucoup plus de détails, et des matériaux bien plus exquis, des feuilles remplies de sève, des pétales de fleurs irisés, des toits flous comme s'ils étaient faits de fourrure...

Dans un coin se trouvait un petit bâtiment avec une grande porte, différent des autres, qu'il était curieusement incapable d'approcher. Plus tard, on lui a dit qu'il s'agissait d'un hyperportail, permettant de voyager dans d'autres mondes similaires. Mais il était verrouillé, pour éviter que des utilisateurs inexpérimentés ne se perdent en tentant de l'utiliser sans savoir le contrôler.

Ce paysage et ces maisons rappelaient également à Léo ce qu'il avait vu dans les mondes virtuels, et c'était en effet très similaire: les gens étaient libres de laisser aller leur imagination, et de créer des paysages fantastiques, sans autre travail que de les visualiser. Mais dans l'au-delà, les résultats étaient bien supérieurs, car il les recevait directement dans sa conscience et dans son cœur, au lieu de les regarder à travers l'écran étroit d'un ordinateur.

Et comme toutes ces formes n'avaient pas à subir de processus de croissance, de construction, d'usure et de décomposition, elles étaient toutes parfaites, d'une nouveauté virginale et des plus pures vibrations.

Bien sûr, il y avait des gens ici. Était-ce des personnes réelles, ou juste une vision de rêve? Était-il en train de partager une expérience réelle avec d'autres personnes, ou était-il simplement en train de rêver?

Fort curieusement, cette question se posait exactement de la même façon que dans le monde physique!! Il pensa vite que ses camarades dans ce monde étaient réels, car ils le surprirent à maintes reprises.

La première surprise fut que la plupart d'entre eux semblaient très bien le connaître! Ils l'appelaient Malyan, ce qui semblait très étrange, mais familier et agréable à son oreille. Ils ne se parlaient pas vraiment: il savait ce qu'ils voulaient dire, sans sons. Mais les noms étaient toujours perçus comme des vibrations intenses en premier, n'évoquant des sons mélodieux que si il le leur permettait. C'est très difficile à comprendre pour les personnes habituées au monde matériel. Dans le monde matériel, nous percevons d'abord les images et les sons, et seulement après nous ressentons la vibration - si notre cerveau n'est pas occupé à une de ses stratégies sans but. Dans l'au-delà, nous ressentons d'abord la vibration, et seulement après elle se traduit en images et en sons dans notre conscience. (Note de l'auteur: Même pour écrire cette histoire, la partie la plus difficile pour moi a été de procéder à l'inverse: traduire une vibration en un son, et pire encore, de réduire ce son en une simple série de lettres.)

Ainsi, Malyan-Léo n'avait pas de véritables souvenirs de cet endroit, ni des gens qu'il y rencontrait. Pourtant, la plupart lui semblaient familiers. Certains étaient différents, cependant. Probablement avaient-ils rejoint le groupe en son absence.

Mais il eut une surprise: ils lui ont parlé de sa femme. Oui, il avait une femme ici dans l'au-delà! Elle s'appelait Elyan, et elle se trouvait quelque part dans les environs. Cela suscita des sentiments mitigés dans son cœur, après son union désastreuse dans le monde matériel. Mais surtout, il ne voulait pas qu'on lui impose une compagne qu'il n'aimerait pas! La toute première chose dans un mariage, c'est de choisir!

Ce qui le frappa cependant, était l'incroyable beauté de tous ces gens. Ils étaient pour la plupart d'apparence humaine, mais tous parfaits, jeunes et aux silhouettes minces comme des fées, lisses aux formes simples, sans poils corporels. Ces corps merveilleux n'étaient pas faits de chair ou de matière, mais directement de chaleur humaine! Douce, chaude et parfumée. Aussi, de par la gentillesse qu'ils manifestaient tous à son égard, il n'y avait aucun doute: n'importe laquelle de ces femmes pouvait être la plus parfaite et la plus heureuse des compagnes. Elles pouvaient même changer d'apparence pour lui plaire, comme dans un monde virtuel. Cela le rendait curieux de sa... femme, puisque apparemment il était déjà marié.

Il passa quelques heures dans le village (ou ce qui semblait être des heures, car il n'y a pas de temps défini avec précision dans les mondes de l'esprit), à explorer les environs. C'était une sorte de brousse avec des arbres courts, des fleurs et beaucoup de plantes bizarres qu'il n'avait jamais vues ailleurs. Chaque maison était différente, ce qui lui rappelait les plus beaux endroits de Inworldz. Mais cet endroit était mille fois mieux! Chaque maison était une œuvre d'art en elle-même, avec des formes et des couleurs incroyablement variées. Il a fallu qu'il y regarde de plus près pour remarquer une certaine unité de style.

Puis il en trouva une qui lui semblait curieusement familière, comme celle qu'il voulait construire dans Inworldz. Elle évoquait dans sa conscience un fort sentiment de bien-être et d'accueil chaleureux, comme un lieu de repos pour son cœur. Il s'approcha, et la plus merveilleuse des femmes aux longs cheveux blonds apparut sur le seuil. Elle eut l'air surprise de le voir, et elle réagi d'une manière curieuse: se tenant juste devant lui, dans l'ouverture de la porte, les mains sur son cœur. Elle se mit en méditation sur le vide de l'esprit, de sorte qu'il ne put obtenir aucune information d'elle. Mais au lieu de cela, elle a intensifié sa vibration intérieure! (Le meilleur équivalent dans le monde physique serait un sentiment de paix et de confiance jaune-vert délicieusement parfumé).

Malyan l'admirait en silence, et il aima soudain cette âme merveilleuse et ce corps fantastique... Ce n'était pas le hideux désir de l'ego de posséder, mais l'admiration et l'amour respectueux qui surgissent dans les plus hautes méditations!
Sentant cela, elle sourit de bonheur, et elle supprima soudain toute barrière: elle était Elyan, sa femme, et la plus merveilleuse compagne qu'il puisse jamais désirer ou vouloir! Et elle était si heureuse de le revoir! Ils se sont donc immédiatement... retrouvés. Oui, on peut aussi faire cela dans l'après-vie!

Avec un peu de temps, Malyan retrouva ses souvenirs, et un récit cohérent de sa vie antérieure ici. Elyan et lui s'étaient mariés il y a plusieurs siècles, dans le monde matériel. Ils moururent, comme c'est le destin de tous les corps matériels. Mais ils sont restés à jamais unis dans le monde spirituel, avec une tribu d'âmes similaires vivant ici. Ils avaient pour eux seuls un univers entier, de la taille d'une planète, qu'ils appelaient Vashyu. Il avait été créé il y a treize siècles par un yogi hindou qui maîtrisait la construction de tels mondes paradisiaques. Il en existe une quantité innombrable, certains même beaucoup plus grands. Et ils fonctionnent un peu comme des mondes virtuels, bien qu'avec une base totalement différente: l'utilisation directe des éléments de l'expérience de conscience, comme les images, les sons, les sentiments, etc. au lieu de représenter ces éléments avec des données informatiques.

Il en résultait que les objets étaient aussi intrinsèquement porteurs d'émotions, de vibrations et même d'informations. Malyan en trouva un exemple flagrant avec l'hyperportail, qui était «scripté» pour émettre des avertissements à l'approche, bloquant même l'accès aux personnes inconnues. Il y avait probablement un certain danger avec cette chose, comme d'être envoyé dans un univers désagréable et de ne pas pouvoir en revenir. Le monde de l'esprit a lui aussi ses lois et son apprentissage nécessaire.

La géométrie de Vashyu était étrange, et au premier abord déconcertante, si l'on cherchait quelque chose comme une carte. Il n'y avait rien de tel. Au contraire, cela marchait comme les rêves. Se promener dans un chemin forestier de passait comme sur Terre. Mais si nous voulions aller quelque part, le chemin était réarrangé pour mener précisément à cet endroit, comme si les lieux avaient été échangés. Pourtant, il n'était jamais possible de voir les lieux bouger ou commuter, et il n'y avait jamais de joints ni d'espaces entre ces différentes constructions, qui se fondaient toutes ensemble en douceur comme un paysage naturel.

C'est que, là où les joints devaient se trouver, la conscience ne se concentrait pas tant sur les détails, et le paysage apparaissait comme un souvenir lointain, ou comme un rêve évanescent. La meilleure comparaison est comme le souvenir d'une photographie nette et détaillée que nous avons vue pendant une seconde seulement: nous obtenons l'essentiel d'une image complexe, nous reconnaissons son thème, mais nous sommes incapables de décrire les détails.

En effet, avec cette topologie floue, dans Vashyu aucun paysage ou bâtiment n'a de place définie sur une carte, et nous pouvons marcher de l'un à n'importe quel autre en quelques dizaines de mètres, selon notre désir de voir tel ou tel endroit. Léo fut d'abord surpris, mais il s'y est vite habitué, car c'est finalement une bien meilleure façon de voyager, et bien plus naturelle pour notre esprit: il suffit de penser à un endroit pour y être, au lieu de devoir marcher sur de longues distances.

Comment ces incroyables propriétés se manifestent est finalement assez simple: comme le paysage est une expérience de conscience, il apparaît directement comme prévu, sans joints ni défauts. Ces défauts, joints ou lacunes ne sont tout simplement pas définis. Au mieux, les lieux intermédiaires ressemblent à de vieux souvenirs comme ci-dessus. Toute tentative de se concentrer sur des détails pour les «découvrir» aboutit en fait à... les créer!

Dit en des termes totalement différents, le monde de l'après-vie obéit aux quatre lois de Méheust.

Léo apprit que Vashyu n'était pas infini, même s'il était immense: plus de 650 000 lieux, et des centaines de nouveaux étaient créés chaque année par les habitants. C'était beaucoup plus que ce qu'il ne pourrait jamais explorer, rendant l'endroit virtuellement infini. De plus, il était plat, contrairement à une planète. Pourtant, il n'y avait ni centre ni périphérie, puisque chaque lieu apparaissait toujours entouré d'autres, ou d'espaces tampons de forêt, de montagnes et de landes rocheuses résineuses ensoleillées. Il y avait même un océan, mais sans forme ni plan précis: la navigation pouvait mener à n'importe quel endroit sans transition visible, ou au contraire, les gens pouvaient rester hors de vue pendant des semaines. Certains disaient le traverser en une heure, mais il contenait aussi entre 80 000 et 300 000 îles isolées, ce qui le rendait au moins deux fois plus grand que tout l'océan Pacifique sur Terre. Il n'était même pas clair s'il s'agissait d'une seule masse d'eau ou de plusieurs, si bien que les gens l'appelaient simplement «l'océan», sans essayer de lui donner un nom. Juste que certaines parties avaient un plan plus défini et plus stable, et on les appelait alors des mers, en leur donnant des noms. Il y en avait peut-être cinquante à cent, mais sans aucune liste précise ou complète, et on découvrait l'existence de l'une ou l'autre mer en fonction de nos affinités spirituelles.

La plupart des bâtiments avaient un aspect hindou assez bien défini, sans aucun objet moderne. Mais comme beaucoup d'autres personnes avaient depuis rejoint la première équipe, ils avaient apporté tous les styles de la Terre et beaucoup d'appareils modernes, dont un grand chemin de fer à vapeur, qui a eu assez de succès pour que beaucoup de gens créent des jonctions vers lui. Tout comme les chemins forestiers, la voie pouvait mener à l'endroit que nous voulions, sans aiguillage visible. À certains endroits plus précis, le train entrait dans des tunnels qui servaient de téléportails. Et bien sûr, c'était la jauge et le style indiens!

Le problème auquel Malyan avait eu à faire face, était un reste de mauvais karma, qui le rendait inefficace en méditation. C'est pourquoi il avait dû renaître sur Terre, en tant que Léo, seul, sans sa femme. Ce début de 21ème siècle sur Terre était un excellent endroit pour cela, car les enseignements spirituels étaient largement disponibles, bien plus qu'à toute autre époque. De plus, le cerveau matériel est plus adaptable et plus apte à apprendre que notre conscience dans les mondes spirituels, dès lors que nous cessons de penser que le bavardage aléatoire de ce cerveau est «nous» ou «notre volonté». Il est donc sage d'utiliser ce cerveau, tant que nous en avons un, et de ne pas essayer de se suicider pour accélérer les choses! Souvent, les crises douloureuses se résolvent dans de nouvelles compréhensions, de sorte qu'un suicide peut vraiment nous retarder de plusieurs siècles, alors que nous étions à quelques jours de comprendre effectivement quelque chose, ou d'être libérés d'une chaîne.

Mais une fois cet apprentissage effectué, Malyan n'était finalement pas mécontent de quitter ce monde matériel prématurément. Il fut définitivement soulagé de sa vie sociale chaotique et de sa politique trouble. Définitivement soulagé de toutes les souffrances et désagréments corporels. Définitivement libéré de toutes ces individus mesquins qui voulaient le restreindre à leurs limites.

Une vie bien meilleure s'ouvrait à lui.

Juste que...

Quelque chose était arrivé, qui n'était pas dans le plan.

Christine.

Il faudrait qu'il s'occupe d'elle un jour.

Heureusement, il pouvait le faire depuis le paradis, sans avoir à se réincarner.

Il en avait vraiment assez de la vie matérielle, et définitivement aucun besoin d'y retourner.

CHAPITRE 6: LA MAISON

(Par Christine, à la première personne)

J'attendais toujours la copie du jugement, mais entre-temps j'ai reçu une autre lettre inattendue.

Un notaire.

Qu'est-ce qu'un notaire pourrait bien vouloir me faire.

Il faut comprendre que, lorsqu'on a été victimes d'abus institutionnels, tout ce qui est officiel semble une menace, et mon cœur s'est mis à battre la chamade.
Le texte était énigmatique, mais il éveilla ma curiosité:
«Vous êtes tenue de vous présenter à notre étude, pour la succession de votre père Léo X» (son vrai nom)

Ouah!
Je me demandais ce que mon père avait à me transmettre. Et puis je me suis souvenu: sa maison.
Et peut-être d'autres choses.
Ou peut-être juste des dettes...

Organiser un tel voyage n'était pas facile, sans voiture, sans argent, et en me cachant de ma mère. Elle payait encore ma chambre d'étudiant, mais au prix de nombreuses conditions sur ce que j'étais autorisé à faire ou à ne pas faire: pas de robes, pas de maquillage, pas d'Internet, pas d'amis, pas de «gens de race», et surtout «pas de gourous». Elle m'a constamment menacé de cesser tout financement si jamais je «me mettais avec un homme». Oui, mais vous allez bientôt comprendre pourquoi je ne désirais pas vraiment un homme, malgré tous les étudiants gentils et aimables que j'ai pu rencontrer.

Finalement, un ami d'université nommé Patrick a accepté de me conduire. Le notaire a été gentil et il m'a expliqué. Mon père m'avait laissé sa maison et un petit champ de cellules solaires. La maison de mon enfance, où j'étais si heureuse avec lui! Le seul endroit où je me suis jamais sentie chez moi, sans la surveillance constante et les réprimandes de ma mère.

J'ai rapidement calculé que les revenus du champ solaire feraient une belle somme, après tout ce temps.

Malheureusement, la maison avait eu besoin de réparations du toit, imprévues et coûteuses. Cela avait englouti le revenu du champ solaire, et le notaire avait dû louer la maison afin de payer les travaux. Les finances n'étaient revenues positives que quelques mois plus tôt. Le locataire était un vieil homme de 80 ans, et je me sentais mal d'empocher son argent. Mais l'expulser serait bien pire. De toute façon, je devais encore rester en ville pour mes études. J'étais un peu déçue de ne pas pouvoir profiter de la maison, mais je pensais que les choses s'arrangeraient plus tard.

Le vieil homme se prénommait Rafik, et il a eu la gentillesse de me laisser visiter la maison. Je m'attendais à être heureuse de cette visite, mais j'étais plutôt triste, de cette tristesse gris clair du bonheur passé perdu, qui ne peut plus revenir. La maison me semblait plus sombre et beaucoup plus petite que dans mes souvenirs. Le jardin était plein de mauvaises herbes et de mûres, car l'homme ne pouvait pas le cultiver. L'un des plus beaux arbres avait été coupé. Celui qui avait endommagé le toit, me dit le notaire. Le locataire a eu la gentillesse de me proposer d'utiliser une des chambres, qui se trouvait être celle de mon enfance! J'ai eu un regard circulaire, dans l'espoir fou soudain de retrouver Baloo ou quelque chose comme ça. Mais la pièce était vide, elle servait juste à ranger quelques papiers peints, cartons et outils. Si jamais je venais ici, je pourrais toujours camper dans cette pièce.

Pour quelque raison, le notaire a pensé que c'était le bon moment pour m'offrir la lettre de mon père... C'était une enveloppe ordinaire, marquée «Pour Christine», plus des sceaux de notaire et d'autres choses. Pendant deux minutes, je suis restée immobile... J'étais sur le point de connaître la vérité, mais en même temps je la craignais...

J'ai ouvert lentement l'enveloppe. Doucement tiré le papier.

Il y avait plusieurs feuilles numérotées. Et une longue histoire.

L'histoire d'un homme brisé.

Plus brisé dans son coeur que son corps ne l'était par le cancer. Pourtant, il avait gardé tout son esprit et son sens de l'honneur.

«Chère Christine,

«Tu t'es sûrement demandé pourquoi j'ai soudainement cessé de te rendre visite.

«L'envoi de cette lettre par le notaire était le seul moyen qui me restait de te faire connaître un jour la vérité, sans être censuré d'une manière ou d'une autre. Je suis très triste en ce moment, car je sais que tu ne me reverra plus jamais. Mais au lieu de cela, tu vas entendre des mensonges, et des mensonges, et des tonnes de mensonges.

«Tu apprendra peut-être un jour, avec surprise, que j'ai été accusé de pédophilie sur toi. Tu sais parfaitement que ce n'est pas vrai. Et tu comprendras vite que qui que ce soit capable de dire un mensonge aussi répugnant est lui-même une sorte de pédophile.

«La vérité est très simple: un jour, j'ai entendu la sonnette de la porte, et ma vie a basculé dans le cauchemar. Pas un cauchemar dû à des hallucinations, mais un cauchemar créé délibérément par des personnes réelles, des personnes malades et dégoûtantes parfaitement conscientes du mal qu'elles faisaient.

«Ils ont débranché mon ordinateur alors que j'étais connecté à Inworldz et que je parlais avec quelqu'un, sans même me laisser dire au revoir.

«Pendant des heures d'interrogatoires sadiques, ils ont méthodiquement détruit tous les souvenirs que j'avais de toi, avec des insinuations dégoûtantes sur ton corps et ta prétendue sexualité.

«Puis ils ont ri de ma souffrance sans même attendre que leur porte soit refermée.

«Je n'ai aucune idée de qui a lancé de telles accusations. Mais certains détails des interrogatoires ne pouvaient être connus que de Francine et de cette assistante sociale perverse et malade que tu appelais la dame malpolie. Bien sûr, je soupçonne Francine d'avoir lancé ces accusations, mais elle n'est pas assez intelligente pour falsifier autant de fausses preuves. C'était très probablement le travail de la dame malpolie. Elle te détestait tellement, qu'elle a dit qu'elle souhaitait te voir enfermée en psychiatrie!

«Il est complètement incroyable l'on confie les affaires familiales à des personnes aussi horribles... elle a dû détruire des dizaines, voire des centaines d'enfants.

«Ensuite, tu sais peut-être qu'on a découvert que j'avais un cancer. Cela fait deux cancers, un dans mon corps, et un dans ma famille: mon épouse me détestait tellement qu'elle n'a pas hésité à détruire sa propre fille, juste pour me frapper.

«Mais cela a mis fin à l'enquête. J'ai écrit plusieurs lettres au juge, demandant que l'enquête soit terminée avant que je ne meure. En vain, je n'ai reçu qu'une seule réponse du greffe, disant que l'enquête était en cours. Ils ont même eu le culot d'ajouter que tu ne me verrais pas, afin de «te protéger».

«Je ne sais pas pourquoi je n'ai pas été envoyé en prison. Peut-être que les flics qui m'ont interrogé m'ont vu pleurer, et ils ont fait un rapport comme quoi je n'étais pas dangereux, ou pire. Mais je te le dis, se retrouver soudainement enfermé en dehors de la société, sans Internet, c'est aussi terrible que d'être en prison. J'ai bien des voisins au village, mais tu sais comment ils sont, on peut parler des vaches malades et du gouvernement qui est mauvais, mais de rien d'autre. Cela équivaut donc à être isolé dans quelque montagne lointaine.

«À l'hôpital, je n'avais AUCUN moyen de me connecter à Internet! Je ne sais pas pourquoi, j'ai demandé 50 fois. J'ai vu d'autres personnes avec des téléphones ou des ordinateurs portables, parlant d'échanger des courriels avec leurs familles. Mais pour moi, ils disaient qu'ils ne pouvaient pas me laisser entrer dans leur wifi, ou bien ils me fixaient d'un regard vide quand je parlais de mes amis de Inworldz. Cela m'a valu de longues journées vides, où je ne pouvais même pas méditer, à cause des analgésiques, et de tout le bruit et des gens qui parlent à haute voix juste devant ma porte ouverte. En plus, rester au lit tout le temps est une très mauvaise chose, on perd très vite de la force et de l'endurance.

«Seul le notaire avait l'air professionnel, n'essayant pas de m'humilier. Je pouvais discuter et arranger des choses avec lui, y compris pour cette lettre. Il m'a fait savoir qu'il prenait cette succession très au sérieux. Pas pour l'enjeu financier, mais pour toi. Je pense que tu l'as vu une fois, quand nous étions à la fête du village. Tu ne l'avais peut-être pas remarqué, mais lui t'a remarquée, et il m'a dit qu'il était heureux de faire quelque chose pour toi.

«Bien sûr, je n'ai pas mentionné les terribles accusations au notaire. Pour ma propre sécurité bien sûr, mais aussi pour la tienne. Tu verras que souvent les gens se comportent de manière bizarre avec les enfants victimes de pédophiles. Au mieux, ils les considèrent comme des animaux de foire, au pire ils les détestent, les considèrent comme sales ou coupables, voulant les punir. La plupart du temps, ils demandent aux victimes de «parler», en leur rappelant toujours leur calvaire, quand ils voudraient oublier et aller de l'avant. Tu comprendras que la plupart des gens ont le cerveau coincé, quand on en vient à la pédophilie, et je t'encourage à ne pas en parler, pour t'éviter beaucoup de problèmes. Moi-même, je n'ai pris aucun risque avec cela. Je n'ai rien dit à personne en fait, en dehors de l'enquête. De sorte que lorsque tu recevra cette lettre, il y a des chances que ta propre réputation soit encore intacte. Du moins, je l'espère.

«J'ai donc pris des dispositions pour que la maison te revienne. Tu en auras besoin, et je soupçonne fortement que Francine te laissera simplement tomber quand tu auras 18 ans. A moins qu'elle veuille te garder comme son souffre-douleur: les gens qui cherchent le pouvoir ne libèrent jamais leur proie. Dans tous les cas, tu ne pourras pas compter sur elle, et tu devras prendre toi-même ta vie en charge.

«J'ai le sentiment que les choses iront bien pour toi. Pour moi, il est de toute façon trop tard: même si les accusations étaient démenties (ce dont je doute, il y avait tant de fausses preuves), je resterai quand même coupable aux yeux de beaucoup. Comme les faux accusés de Outreau, accueillis par une manif injurieuse juste à la sortie du tribunal où on venait de les innocenter. Je n'ai donc pas de meilleur choix que de quitter ce monde. Ce qui arrivera bientôt, sans que j'aie besoin de faire quoi que ce soit pour cela.

«Et n'oublie pas: je t'aime.
«Je t'aime parce que je suis ton père, que je t'ai vu naître et grandir, apprendre à marcher, apprendre à parler.
«Mais ce n'est pas la seule raison.
«Je t'aime parce que je sais que tu es une personne aimable, intéressée par la science, intéressée par la beauté.
«Je t'en prie, continue comme ça. Ne laisse pas les mauvaises personnes te détruire.
«Je sais qu'avec un tel idéal, tu peux être utile à l'humanité.
«S'il te plaît, continue à t'intéresser aux choses importantes.
«S'il te plaît, continue à être toi-même.
«Je ne sais pas si les mondes virtuels seront encore là quand tu auras 18 ans. Mais Inworldz m'a tellement aidé.
«J'espère que nous nous retrouverons dans le Grand Au-delà, quoi qu'il y ait là-haut»

Lorsque j'ai terminé cette lecture, j'ai lentement laissé mes mains retomber.

C'était donc ça.

Ils avaient monté toute cette machination, et me l'avaient enlevé, dans le seul but de me faire souffrir.

Puis ils avaient attendu qu'il meure, sans travailler sur l'enquête, afin de s'éviter la honte de reconnaître que leurs services étaient malhonnêtes.

Ou bien ils s'étaient simplement amusés avec lui, comme d'une chose sans importance, et moi, je ne comptais pour rien dans leur esprit.

Ils avaient écrasé deux personnes, tout comme nous marchons sur des fourmis, sans même penser que c'était mal.

Je suis resté silencieuse pendant un moment, l'esprit vide, avec un sentiment d'irréalité.

Flottant dans mon esprit, est venue cette image de mon livre d'histoire, qui m'avait tellement choquée quand j'étais petite fille d'école: Les Chrétiens torturés dans l'arène romaine, pour le plaisir d'un peuple sadique et dépravé. Pendant longtemps, je me suis rassurée en me disant que c'était il y a 2000 ans, que le monde a beaucoup changé depuis, et que des choses comme ça ne pouvaient plus arriver. Pourtant si: les pervers avaient juste remplacé la douleur physique par la douleur mentale de la solitude et de l'humiliation. Et ils jubilaient devant mes larmes, tout comme les Romains s'amusaient à voir des gens hurler et se tordre de douleur. Les costumes gris avaient remplacé les toges blanches, mais c'était toujours la même mentalité malade.

Rafik et le notaire sont peu à peu revenus vers la maison. Je crois que le notaire l'avait prévenu de ne pas me déranger pendant ma lecture. Il l'avait attiré au bout du jardin, et ils parlaient de planter et de tailler, comme de vieux compères de la campagne qu'ils étaient.

Heureusement, le notaire ne pouvait pas lire la lettre scellée. Qui sait ce qu'il penserait, peut-être croirait-il les accusations, et commencerait-il à essayer de «m'aider à surmonter mon traumatisme», ou de me faire raconter mes expériences en détail (tant de gens aiment entendre des récits détaillés d'actes de pédophilie, comme d'une chose sexuellement excitante). Il avait l'air d'un honnête homme, mais qui sait ce qui peut se passer quand l'asticot de l'inquisition commence à ronger un cerveau.

J'ai donc fermement décidé de suivre le conseil de mon père et de ne jamais le dire à personne.

Quand je suis sortie de la maison, je les ai trouvés en train de discuter de jardin et de courgettes. Sans réfléchir, comme d'une évidence, j'ai annoncé à Rafik que je n'avais pas l'intention de le chasser. J'ai bégayé et j'ai senti mes joues chaudes en disant ça: c'était ma première décision d'adulte indépendante!

Il avait l'air soulagé, et m'a répondu que je ne devrais pas avoir honte de toucher son loyer. Il avait beaucoup d'argent, et il était heureux d'aider une jeune femme aimable à terminer ses études! Il se rappelait avec tristesse que sa propre mère n'avait pas eu le droit de faire des études, afin «d'aider à la maison».

Pour l'instant, je n'avais pas d'autre choix que d'accepter son offre généreuse, si je voulais éviter de devoir mendier de l'argent chaque semaine à ma mère. Le chasser ne résoudrait pas ce problème de toute façon, bien au contraire. Être honnête a un coût, mais quand on connaît la valeur de l'honnêteté, on accepte ce coût sans réserves.

Mon camarade Patrick avait passé tout ce temps à attendre dans sa voiture, puis dehors assis sur la pelouse, à cause du soleil qui tapait sur la voiture. Heureusement, il avait prévu un bouquin de ses cours de science. Quand je suis revenu, il m'a demandé si tout allait bien. J'ai répondu que oui, et expliqué en deux phrases la situation avec Rafik et la maison, puis que je ne voulais pas en dire plus. Il n'a pas insisté. C'était un type discret.

Plusieurs fois avec Patrick, nous sommes venus y passer un après-midi de week-end ensoleillé. Je n'avais encore aucun projet pour après mes études. Mais je trouverais sûrement une utilité à cette maison, qui était un havre de silence par rapport à n'importe quel endroit de la ville.

J'ai finalement décidé de continuer à mendier de l'argent à ma mère: mieux valait obtenir d'elle le maximum que je pouvais. Une bien petite indemnité pour avoir gâché mon enfance et tué mon père. C'était un travail bien payé après tout, avec seulement une demi-heure par semaine à faire le cinéma au téléphone. Et beaucoup moins humiliant, avec la pensée intérieure de ne plus être dépendante d'elle. Je me suis même amusée à la titiller, en lui disant qu'un Arabe était amoureux de moi.

Mais je le regrettait aussitôt: sa rage me terrifia.

Après cette visite, je suis retourné dans ma chambre d'étudiante avec des sentiments mitigés. Heureusement, le financement de mes études était maintenant assuré sans le jugement, mais je commençais à me demander si je l'obtiendrais un jour. Ils m'avaient probablement simplement oubliée.

Tous mes plans de justice contre tous ces porcs semblaient de plus en plus impossibles, mais je commençais aussi à comprendre que je pouvais avoir des projets qui en valaient bien plus le coup.

CHAPITRE 7: LA «TECHNOLOGIE» QUI FAIT FONCTIONNER VASHYU

(Par l'auteur, à la première personne)

Vous serez étonné de ce mot «technologie», à propos de ce qui est fondamentalement un monde spirituel, un rêve contrôlé de la conscience elle-même, sans aucun support matériel.

En tant qu'auteur, il me faut donc d'apporter quelques explications.

Mais attention, ceci est de la science-fiction du 21e siècle, pas du 19eme.

Bien sûr, il n'y a pas de machine matérielle qui fait tourner Vashyu. Ce n'est pas non plus un monde virtuel créé par ordinateur comme dans la plupart des histoires de science-fiction. Il n'y a pas de rouages graisseux ni de logiciel bugué à là Second Life. Il est entièrement fait d'éléments spirituels, gérés par un psyware existant et vivant dans un univers de pure conscience. Mais le niveau d'apprentissage spirituel nécessaire pour comprendre son fonctionnement est bien celui d'un diplôme d'ingénieur ou d'un doctorat. Heureusement, les habitants de ces mondes spirituels abstraits n'ont pas besoin de comprendre comment ils fonctionnent. Mais s'ils veulent construire et animer des choses, ils doivent assimiler quelques bases, comme le font les utilisateurs de mondes virtuels informatiques.

Vashyu est un rêve collectif et contrôlé.

Vashyu est un univers à part entière. Mais il ne contient pas de particules ni de champs obéissant à des lois de la physique. Il ne contient que des éléments de l'expérience de conscience: images, couleurs, sons, sensation de contact, émotions, jusqu'à des intentions et des idées. Tous ces éléments existent dans un espace et un temps qui leur sont propres. Ou mieux, comme les physiciens l'ont compris à propos de notre propre univers physique, c'est l'interaction constante de tous ces éléments qui crée l'apparence d'un espace et d'un temps.

Aujourd'hui, en de début du 21e siècle, les scientifiques se demandent encore comment un univers de pure conscience peut exister, où les personnes décédées continuent de jouir de la conscience et du bonheur.

C'est étrange, car ils ont tous les éléments pour le découvrir.

La Mécanique Quantique (interprétation de Copenhague) et la Relativité disent toutes deux la même chose que la métaphysique bouddhiste: il n'y a pas d'existence absolue, rien qui «existerait» par magie. Nous ne pouvons voir qu'un enchaînement de relations de causes et d'effets entre les éléments de notre univers physique, sans aucun espace ou temps absolu préexistant. Ces derniers n'apparaissent que comme des structures de l'ensemble des interactions quantiques (au sens d'une structure dans la Théorie des Ensembles).

Mais alors, si nos particules ne sont que des relations, des objets mathématiques fugaces, alors comment notre univers physique peut-il apparaître si solide, objectif, «existant»? C'est simplement parce que nos organes sensoriels font partie de cet enchaînement de relations, et qu'ils peuvent donc en recevoir des informations. Informations qu'ils peuvent alors transmettre à notre conscience. Où elles apparaissent sous forme de sensations concrètes d'objets existant autour de nous.

Mais seulement des informations sur l'univers dans lequel ils se trouvent!

Tout autre univers apparaît alors «non testable». Mais cela ne rend pas ces autres univers «inexistants»! Et pour les personnes qui ont des organes sensoriels dans un autre univers, alors c'est cet autre univers qui «existe», et c'est le notre qui devient «non testable d'après Popper», à «supprimer par le rasoir d'Occam»!

C'est ce qu'est notre univers physique: pas plus «matériel» que sa description mathématique.

Notre univers est sa description mathématique. Rien de plus.

Rien d'autre n'est nécessaire pour qu'il génère l'existence, les étoiles, les planètes, les corps humains, les fleurs, les quasars, l'amour, la beauté, et tout ce qu'il contient.

Le point intéressant est que cette existence très abstraite de notre univers physique est précisément ce qui permet aux univers spirituels d'exister.

En effet, la conscience et les univers spirituels existent exactement de la même manière: une simple relation entre des éléments, sans qu'il soit nécessaire d'obtenir l'autorisation d'une quelconque académie des sciences pour «exister». Simplement, au lieu de particules, ils relient directement les éléments de l'expérience de la conscience: images, sons, sensations, idées, dans une chaîne d'éléments liés par une relation de cause à effet.

Cependant, tous ces éléments obéissent à des lois totalement différentes de la physique: des lois non Aristotéliciennes. Cela semble totalement abstrait et même bizarre. Pourtant, nous connaissons très bien ces lois: nous les voyons fonctionner tous les jours, ou plutôt toutes les nuits, dans nos rêves. Et ce sont les même lois qui produisent également l'enchaînement de nos pensées et de nos émotions, de nos intentions et de nos scénarios intérieurs.

Et elles peuvent faire beaucoup plus.

Ces univers sont décrits par certains textes religieux comme le Bardo Thödöl, probablement écrit par de grands yogis qui ont trouvé un moyen de les explorer et de rapatrier leurs découvertes dans notre monde physique. Ils sont également vus par des personnes ayant fait l'expérience d'une NDE avancée.

La plus grande différence avec le monde physique est la façon dont nous interagissons avec un monde spirituel. Nous faisons généralement l'expérience du monde physique à travers le filtre de nos organes sensoriels, et notre pensée n'a aucune influence sur lui. Au contraire, les mondes spirituels sont ressentis directement, sans filtre, et notre pensée peut les influencer. Cela se produit parce que ce que nous voyons à l'extérieur de nous est également partagé dans notre propre conscience, au lieu d'être simplement perçu comme sur un écran. Pour cette raison, les mondes spirituels sont intrinsèquement plus propices à une vie plus intense et plus sensuelle: un objet ne procure pas une sensation, il est intrinsèquement fait de cette sensation. Mais cela ne fait pas automatiquement de ces univers un paradis, tout de même. Les gens qui ne maîtrisent pas leurs émotions, leurs désirs et leurs frustrations, les transformeraient en enfer en quelques secondes. En effet, la plupart d'entre nous ferions apparaître toutes nos névroses et toutes les imbécilités de la télé en même temps, et nous transformerions le meilleur des paradis en un désordre incohérent.

C'est pourquoi les univers comme celui de Vashyu sont maintenus en état par des consciences supérieures, qui ont éliminé toute envie ou haine.

C'est ainsi que fonctionnent les paradis pour les débutants, comme Sukhavati (Dewachen), où vont la plupart des Humains. Et les animaux aussi! Parce qu'ils méritent aussi le paradis!!

Vashyu est un niveau un peu plus élevé, pour les consciences ayant au moins partiellement subjugué leur avidité, leurs haines et leurs frustrations. C'est ce qui arrive quand on apprend à méditer. C'est ainsi que Léo-Malyan pouvait, dès son intégration dans Vashyu, déplacer légèrement des objets avec sa méditation de Non-Action. Plus tard, il a appris à créer de merveilleux bâtiments et des fleurs uniques. Les habitants de Sukhavati finissent eux aussi par apprendre, mais dans les mondes spirituels, cela peut prendre des millénaires, alors que sur Terre, cela peut se faire en quelques dizaines d'années. C'est la raison pour laquelle les gens veulent toujours se réincarner sur Terre, malgré les conditions hasardeuses et la possibilité de souffrances horribles. C'est ce qu'avait fait Léo.

Il y a d'autres choses plus étranges, qui n'arrivent que dans les mondes spirituels, et qui ne peuvent pas se produire dans les mondes physiques.

L'expérience de conscience a une définition (niveau de détails), comme les écrans d'ordinateur, bien qu'elle ait une origine et une apparence totalement différentes. Vous pouvez facilement voir comment cela fonctionne, en créant une image mentale à partir d'une simple description: «des arbres et des vaches dans un pré». Faites-le, et voyez-le. C'est une image très reconnaissable, en effet? Essayez maintenant de la peindre (aucune compétence d'artiste n'est requise). Vous devrez INVENTER tous les détails en le faisant: nombre et positions des arbres, nombre et race des vaches, présence d'autres éléments comme les feuilles, des pentes, les haies, les maisons, les fleurs, etc. En effet, ces détails n'ont pas été définis dans l'image mentale originale, bien qu'elle soit nette et tout à fait reconnaissable, avec tout son contenu émotionnel. Mais pour créer ces détails avec une qualité artistique, il faudra une semaine de travail ardu, au lieu d'une seconde pour créer l'image mentale. Et l'image artificielle ne rend pas meilleur le contenu émotionnel. Pire, une fois le travail effectué, vous ne reconnaîtrez pas l'image originale: de nombreux détails ont été ajoutés, des erreurs de perspective ont été corrigées, etc.

Les mondes spirituels comme Vashyu fonctionnent de la même manière: les détails n'existent que si quelqu'un les a créés. Cela fait que, si deux scènes sont placées l'une à côté de l'autre, avec une transition de forêt, en marchant de la première à la seconde, vous ferez l'expérience de la marche dans une forêt. Cette expérience manquera de détails comme la position des arbres, les branches qui pendent sur le chemin, les fleurs sur le sol, etc. Mais vous ne le remarquerez pas, puisque le tout étant une expérience de conscience, tout ce qui n'est pas défini n'existe tout simplement pas, en ce sens que nous ne pouvons pas en être conscients, et même pas en remarquer l'absence. Avez-vous seulement pensé à combien il y a de vaches, dans la visualisation ci-dessus? Si il y a une clôture? Mais maintenant que vous y avez pensé, vous avez augmenté la définition de cette image.

Cela semble un peu difficile à comprendre, mais une fois en situation, cela se produit tout naturellement: C'est exactement comme cela que fonctionnent nos rêves, et même nos rêveries éveillées, de sorte que c'est en fait vraiment très familier.

Pour mieux le comprendre, un de mes amis d'Inworldz m'a un jour posé cette question, après que j'y ai créé la première version de l'histoire de Léo: «Et si, dans la forêt de transition, je commençais à regarder des détails comme les fleurs, et même à m'arrêter de marcher pour fixer mon attention sur l'une d'entre elles?» Sur le coup, je n'avais pas pu répondre à cette question, car elle prend par défaut la logique de notre monde physique. Mais la réponse est finalement simple: ce n'est pas un acte d'observation, mais un acte de création. Cette fleur, et toute cette parcelle de forêt, seront alors définis à partir de cet acte, c'est à dire qu'ils vont commencer à exister à partir de cet acte, dans le sens que cette expression a dans un monde spirituel. Vous pouvez même créer d'autres détails qui ne figurent pas dans la description originale, comme des rochers, des champignons, des objets étranges émanant des émotions, etc. Ce qui se passe à ce stade, c'est que votre chemin de transition devient un nouveau lieu à part entière, dans le monde paradisiaque, que vous pourrez retrouver plus tard simplement en y pensant. Mais surtout, grâce à l'étrange psyware spirituel qui fait fonctionner les mondes spirituels, une fois que votre création existe, vous pouvez même la montrer aux autres.

À la fin, ce que vous pourrez créer ne dépend que de votre imagination. Certains resteront longtemps incapables de créer quoi que ce soit, et ils devront vivre dans des endroits aménagés par d'autres. Il leur faudra peut-être des millénaires pour débloquer leurs capacités (alors que seulement quelques mois peuvent y faire sur Terre, grâce à notre merveilleux cerveau matériel et à ses fantastiques capacités). La plupart seront capables de créer leurs lieux, ou de construire des objets. Les maîtres bâtisseurs pourront créer des mondes entiers, avec leurs paysages, leur physique, leurs émotions, leurs règles de fonctionnement, leur éthique et leur fonctionnement spirituel. J'ai personnellement imaginé cela dès 1972, mais je n'en suis pas l'inventeur: Le bouddhisme et de nombreux courants apparentés décrivent de tels mondes, le plus connu étant Sukhavati (le Dewatchen des Tibétains) créé par le Bouddha Amitabha, selon la tradition (Amitabha est également connu sous le nom de Boudhaan Ahmar en arabe, le Bouddha rouge de Bamiyan, et c'est probablement l'endroit où ces choses ont été découvertes pour la première fois par des Terriens, il y a environ 1900 ans.) Il faut tout de même être un Bouddha pour pouvoir créer et gérer tout un univers spirituel recevant des milliers ou des millions de gens, mais chacun peut probablement ajouter ou adapter sa propre place dans un paradis de l'au-delà. Il existe sûrement des aides et des facilités pour aider les nouveaux-nés de l'au-delà à adapter un lieu de vie à leur goût, tout comme il en existe dans les mondes virtuels.

On pourrait penser que cela fonctionne un peu comme les mondes virtuels, où chacun peut construire son propre lieu et adapter son corps. Dans les mondes informatiques, cela est rendu aussi simple que possible, et toute la complexité se passe dans les profondeurs de l'Internet, grâce à des logiciels sophistiqués dont la plupart des gens ne comprendraient pas une seule ligne. Les habitants les plus habiles peuvent construire des véhicules et des objets scriptés capables de leur propre comportement.

Il existe toutefois une différence frappante entre les mondes spirituels et les mondes informatiques: pour construire dans un monde virtuel, il faut des semaines de travail ardu et de bricolage complexe dans les langages de script, où une seule virgule mal placée peut tout gâcher. Souvent, certaines subtilités logiques créent des bugs difficiles à trouver, et nous ne sommes jamais sûrs qu'il n'y aura pas d'inconvénient ou d'effet inattendu à l'une de nos décisions.

Cette différence vient du fait que les mondes informatiques utilisent la logique Aristotélicienne, tandis que les mondes spirituels utilisent la logique non Aristotélicienne. La logique Aristotélicienne produit l'entropie, l'accumulation du désordre. On le voit en physique, dans les corps et dans les machines, qui ont besoin d'une source constante d'énergie et d'efforts pour continuer à fonctionner, et même simplement pour continuer à exister sans s'user. Le mot entropie est également utilisé par les législateurs pour décrire l'augmentation continue de la complexité des systèmes juridiques Aristotéliciens, dans le cadre des tentatives visant à les améliorer. Cela se produit également dans les logiciels informatiques, où les tentatives d'amélioration d'une fonction créent souvent des bugs et des problèmes dans d'autres endroits inattendus. Cela est également visible dans les mondes virtuels, dans lesquels les bugs peuvent soudainement détruire des objets ou gâcher toute la journée. Même si tout se passe bien, les tentatives de relier deux paysages nécessiteront un long travail de mise en correspondance de la zone de contact, d'ajout d'arbres, de modification des formes du terrain, etc. Un travail à refaire chaque fois que l'on déplace ces lieux.

Les mondes spirituels, quant à eux, fonctionnent avec une logique non Aristotélicienne. A l'opposé de la logique Aristotélicienne, elle produit l'eutropie (©, voir dans mon livre «Epistémologie Générale» pourquoi j'ai créé ce mot, et les conditions pour l'utiliser) L'eutropie a la même origine que l'entropie, mais dans la logique non Aristotélicienne, elle produit le résultat inverse: toujours apporter une simplification et une harmonisation. C'est la raison pour laquelle la logique non Aristotélicienne est tenue en si haute estime par les grandes civilisations: le Yin☯Yang chinois, la Voie du Milieu bouddhiste, etc. apportent la paix en société et dans la politique, tout en permettant la compréhension dans la spiritualité. Elle est également au cœur même de la méditation, contrairement à la pensée logique Aristotélicienne, qui tend toujours à construire la division et la complexité (celle-ci est symbolisée par l'herbe Kusha, qui se divise en de nombreuses branches). Même des institutions modernes importantes, comme le tribunal, sont sensées être non-Aristotéliciennes, basées sur les Trois Piliers de la Kabbale hébraïque (Dans ce cas accusation, juge, défense).

Ces propriétés de la logique non-Aristotélicienne rendent beaucoup de choses plus faciles dans les mondes spirituels: des bugs s'y produisent bien sûr là aussi, mais leur effet tend à se régler de lui-même. Au point que nous pouvons massivement compter sur cette propriété pour le fonctionnement quotidien de ces mondes: mettre deux paysages l'un à côté de l'autre règle automatiquement toutes les incohérences et les problèmes, avant même que nous remarquions qu'il devrait y avoir des incohérences et des problèmes. Et nous vivons une scène logique et sans faille, sans que personne n'ait besoin du moindre effort ou de la moindre attention.

Tout cela semble si extraordinaire que beaucoup penseront que c'est impossible. Pourtant, nous le faisons tous les jours, ou plus exactement toutes les nuits, dans nos rêves. Les rêves ne sont pas des mondes spirituels, puisqu'ils sont créés par nos neurones. Mais ils partagent le même fonctionnement non Aristotélicien. Ils produisent aussi de l'eutropie: nous pouvons rêver du Taj Mahal juste à côté de la Tour Eiffel, sans avoir à démolir tous les bâtiments autour. Nous rêvons simplement des deux monuments l'un à côté de l'autre, comme s'ils avaient été construits de cette façon, avec même un jardin commun sans raccord qui les entoure, avec des femmes en sari qui mangent des frites et des Sadhus qui jouent de l'accordéon. Si nous sommes si proches de l'extraordinaire magie de Vashyu, Bamiyan ou Déwatchen, c'est parce que cette apparente magie découle du fonctionnement même de notre conscience. Et, pour ainsi dire, nous portons toujours notre conscience avec nous. Il y a même des chances que vous rêviez de cette scène ce soir, après avoir lu cela. Quoi qu'il en soit, vous pouvez l'imaginer sur le moment, avec tous les détails.

Vous pouvez même rêver que vous lancez votre voiture contre un mur, et qu'elle n'est pas cassée. Vous ne pouvez la briser qu'exprès. Et pourtant, la nuit suivante, vous l'avez encore intacte!

CHAPITRE 8: BOURREAU D'ENFANTS EN BLOUSE BLANCHE

(Par Christine, à la première personne)

Je me souviens qu'après ce merveilleux été avec mon père, j'ai attendu sa venue tout le samedi. J'ai commencé à craindre qu'il ne vienne pas, car ma mère ne m'avait pas demandé de préparer mes bagages. Au lieu de cela, elle souriait, d'un sourire étrange que je n'avais jamais vu auparavant, qui faisait peur. Le soir venu, j'ai réalisé que j'avais encore perdu mon père. Je n'ai rien demandé à ma mère, et je suis allée me coucher à l'heure habituelle. Je n'ai pas pleuré... J'étais déjà habituée. Je n'ai rien demandé à ma mère. J'ai compris que cela lui donnerait une sorte de victoire, et je ne voulait pas de ça.

Un autre week-end est passé, où il devait venir, mais il ne l'a pas fait. J'ai compris que les choses étaient revenues au mauvais, quand la dame grise impolie est réapparue à la maison.

Mais cette fois-ci, elle était bien pire. Après la séance de conspiration habituelle avec ma mère, elle a voulu me parler, seule dans ma chambre. Elle a apporté une chaise pour s'asseoir, ce qui signifiait que cela prendrait du temps. Sa présence m'ennuyait énormément, surtout que j'avais un long devoir à écrire pour le lendemain.

Elle a commencé à me parler chienchien, et à poser des questions apparemment innocentes sur mon père. Mais elle ne souriait pas. Elle s'intéressait beaucoup à comment nous vivions. Elle semblait particulièrement intéressée par la salle de bains: m'aidait-il à me laver, me touchait-il, etc. Bien que je répondisse à chaque fois que j'étais une grande fille maintenant, capable de me laver seule, elle semblait insatisfaite, et ramenait toujours les discussions sur mes fesses, mes slips, les toilettes, etc. Je ressentais le même trouble que lorsque nous avons accidentellement vu la dame aux lèvres en O, mais beaucoup plus fort. Pire, je me sentais moi-même coupable, comme si j'avais fait quelque chose de mal sans le savoir, comme si mon corps était une chose sale et coupable.

Les personnes qui n'ont jamais été enfants ne peuvent pas comprendre ça: quand nous sommes enfants, il y a tant de choses à apprendre, et nous sommes grondés et punis chaque fois que nous les faisons mal. En plus, nous sommes souvent censés savoir sans avoir appris, et nous sommes punis si nous devinons mal. Cela finit par créer un sentiment de culpabilité omniprésent, qui nous submerge à la moindre remarque, et finit même par devenir permanent. Mais ce n'est pas le pire: nous nous rendons vite compte que chaque adulte a des exigences différentes, et nous devons nous en souvenir, afin d'adapter nos réponses, ou même de les deviner, lorsque nous ne connaissons pas la personne. Pour ce qui est de la dame impolie, je n'avais aucune idée de ses exigences, si ce n'est qu'elle avait la tête braquée entre mes cuisses. Je me souviens de mes joues devenant chaudes et mes oreilles tendues, pleine de honte, tout en essayant désespérément de me rappeler ce que j'avais pu faire de mal avec mon corps. J'ai fini par admettre que je me lavais parfois les dents en présence de mon père. Cela sembla la mettre en colère, et elle cessa de poser des questions sur mes slips. Mais elle passa à d'autres sujets apparemment innocents. Elle m'a demandé si mon père avait un ordinateur. J'ai répondu «Oui» avec fierté. Mais je l'ai tout de suite regretté: elle a fait «ah» et s'est penchée vers moi, oubliant le style chienchien et parlant soudain sérieusement. Elle m'a demandé quels sites nous visitions. J'ai répondu en hésitant: «des sites éducatifs». Une fois de plus, elle eut l'air déçue, mais elle insista. «Google Earth», ai-je dit. Mais elle n'était pas encore satisfaite. J'ai ajouté fièrement «les mondes virtuels»: nous avions eu une discussion à ce sujet à l'école, ce devrait donc être un bon point. Encore faux: elle avait l'air de plus en plus excitée. «Il m'a montré ce qu'il fait dans Second Life». Cette fois, elle a littéralement sauté, et elle est sortie de la pièce d'un seul coup, sans aucun au revoir, pour recommencer une autre séance de conspiration avec ma mère. Après un long moment, elle est partie. J'étais tellement troublée et honteuse que je ne pouvais pas faire mes devoirs, et j'ai eu un zéro! Je voulais parler à mon professeur, lui dire qu'on m'avait interdit de faire mes devoirs, mais je savais qu'il vérifierait auprès de ma mère, et qu'elle dirait que j'avais menti.

Pendant quelques semaines, il semblait que rien d'autre ne se produirait. Mais j'ai soudain vu la dame impolie... à l'école, parlant avec mes professeurs! Ils se sont arrêtés à mon approche, et ont recommencé à voix basse quand je suis passée. À partir de ce jour, plusieurs de mes professeurs ont commencé à se comporter bizarrement, me parlant chienchien ou m'ignorant. Même un était en colère, et il s'est mis à me donner toujours de mauvaises notes.

J'ai même vu la dame impolie parler avec le délégué de classe! À partir de ce jour, plusieurs de mes camarades ont commencé à me fixer du regard sans parler, ou même à se rassembler en groupes pour comploter à voix basse tout en me regardant.

Inutile de dire qu'avec tout cela, l'école est devenue très désagréable, et les devoirs aussi. Moi qui avais toujours de bonnes notes, elles sont devenues mauvaises...

Mais ce n'était pas le pire.

Un jour, ma mère m'a amené dans une sorte de bureau, où «le professeur» m'attendait. Elle me laissa seule avec lui, pendant une heure.

Ce fut l'heure la plus horrible de ma vie. Je me souviens de tous les détails de ce bureau maudit, d'une peinture abstraite (Aujourd'hui je suis encore allergique à ce style), de nombreux dossiers, d'un ordinateur, de son crâne à moitié chauve et de sa peau grasse, de l'odeur fétide de son haleine lorsqu'il s'approchait de moi en parlant à voix basse, et même des motifs du tapis que j'avais longuement examiné en une tentative futile pour échapper à la situation. C'était un style persan approximatif. Depuis, chaque fois que je vois un tapis persan, il me rappelle ce moment.

Comme la dame impolie le faisait, il a commencé à sourire et à parler chienchien, bien que d'une manière plus subtile:

«Nous pouvons parler de votre problème ici. Je suis là pour vous aider».

Bien, il est déjà déconcertant qu'on nous demande quelque chose sans nous dire quoi. Je n'avais aucune idée de ce qu'il attendait de moi. Mais ce qui vint ensuite était pire. Il passait de son apparemment douce gentillesse, posant des questions innocentes sur le jardin, les travaux scolaires, les vacances, à toujours ramener la discussion si je voyais mon père nu, si il me lavait, si nous regardions les gens nus sur Internet, etc. À chaque fois, je répondais non, et il se retirait sur des sujets plus bénins. Mais cinq minutes plus tard, il était de nouveau...

((Note de l'auteur: je suis obligé de ne pas décrire ce qui est techniquement une scène de pédophilie, même si purement verbale. C'est dommage, car on comprendrait pourquoi cette chose est si destructrice pour les enfants. Si quelqu'un pense que j'exagère, des choses bien pires sont parfaitement documentées dans l'affaire du Conté de Dade en Floride, avec même des simulacres de sexe et des vidéos tournées à l'insu des enfants. Mais déjà en 2022 ces choses commencent à devenir difficiles à trouver sur Internet...))

Au bout d'une heure, j'étais épuisée, je pleurais et j'étais tellement choquée que je n'ai pas pu suivre aucun cours pendant une semaine.

Ma mère m'a amené une deuxième fois chez cet homme. Cette deuxième fois, il a été plus subtil, évitant les attaques directes. Mais il me dit qu'il voulait m'aider à «me souvenir». À me souvenir de quoi? Il insista de nombreuses fois, me demandant de «me rappeler» si je n'avais pas fait ceci ou cela, introduisant le doute et refusant mes explications. Il insista aussi lourdement sur Second Life, où, à le croire, je me serais montrée «toute nue». Il semblait incapable de comprendre que je n'avais jamais été en personne dans Second Life, où de toutes façons les jeunes enfants sont interdits.

Après plusieurs séances de ce traitement, j'ai fini par me demander si je n'avais pas tort moi-même, de «ne pas me souvenir» de quelque chose d'important que j'aurais fait, ou que mon père avait fait. Ou si je «me cachais» quelque chose, comme il l'a expliqué. Comment nous pouvions «nous cacher» quelque chose dépassait mon entendement, mais comme je l'ai expliqué, j'avais peur qu'enfant, je puisse faire des erreurs inconnues, sans m'en rendre compte. Peut-être que je devenais folle, et que j'étais la seule à ne pas m'en rendre compte. C'est un sentiment très perturbant, de ne plus avoir confiance dans notre propre pensée et mémoire! J'étais tellement triste et honteuse de moi-même que je ne pouvais absolument pas travailler à l'école, et le trimestre s'est terminé par une catastrophe.

C'est encore une chose que des gens qui n'ont jamais été enfants ne peuvent même pas imaginer: nous sommes dans une telle situation de sujétion envers les adultes. Ils semblent tout savoir, alors que nous avons tout à apprendre. Ils savent comment conduire une voiture, alors que nous devons nous asseoir derrière. Ils savent ce qu'est l'électricité, nous pas. Ils peuvent acheter librement des choses dans les magasins, nous devons leur demander. Ils savent ce qu'est la politique, pas nous. Alors j'ai commencé à penser que, probablement, dans certains cas, nous faisons des choses sans savoir, ou sans nous en souvenir, comme le font les somnambules. En outre, les adultes ont des pouvoirs imprévisibles. Je savais que dans certains pays, les gens peuvent être condamnés à mort, ou le Panchen Lama qui a été kidnappé à l'âge de 7 ans par son propre gouvernement. J'avais donc vraiment peur de ce que cet homme pouvait me faire. Pour mettre fin à ces séances de torture, il me suffisait de dire «oui» quand il me demandé si mon père me montrait son zizi. Mais j'étais totalement incapable de le faire. Le fait qu'un seul enfant sur cinquante confirme ces suggestions malsaines est finalement rassurant: même les sociopathes ne le font pas!

Comment cela s'est-il terminé? C'était le dernier jour avant les vacances de Toussaint. A l'école, nous faisions des choses inhabituelles ce jour-là, au lieu de travailler normalement.
Il y avait deux dames que je ne connaissais pas. Elles expliquaient devant toute l'école que certains adultes sont très méchants avec les enfants, et qu'ils les touchaient ou se montraient nus. Ces personnes sont appelées des pédophiles. Et les dames expliquaient que nous avions le droit de nous défendre contre ces personnes, et que nous devions leur dire si nous en connaissions. J'ai vu Roland se mettre à pleurer au fond de la salle. J'ai soudain compris que je n'étais pas seule, que ce qui m'arrivait n'était pas normal, et surtout que ce n'était pas de ma faute! Sur une inspiration brute, j'ai levé la main en disant: «Je connais un pédophile. Ma mère m'amène chez un professeur qui parle toujours de sexe».

Il y a eu un blanc.

Aujourd'hui, je comprends que presque tout le monde savait qui était ce «professeur», et ce qu'il me faisait. Je soupçonne même que les deux dames avaient organisé cette séance contre moi précisément. Mais à l'époque, j'étais encore enfant, je ne pouvais pas imaginer que tant d'adultes pervers puissent travailler ensemble juste pour me nuire et m'humilier. Et le fait d'exposer si brusquement leur vice les lassa abasourdies.

Pas longtemps. Elles se sont immédiatement réorganisés pour avoir l'air sérieuses, adultes, aux commandes. Une des deux dames a pris Roland seul dans la classe d'à côté. J'ai su plus tard ce que Roland avait eu à endurer. Il était même blessé, et a dû aller à l'hôpital. Avec un groupe d'élèves, nous lui avons rendu visite, dans le «service de proctologie», je me souviens. Je n'avais aucune idée de la signification de ce mot, mais ça avait l'air sinistre.

L'autre dame est restée pour reprendre le contrôle de la situation.

«Parfois, les victimes d'abus ne se souviennent pas», a-t-elle essayé, en me regardant en coin. Mais l'un des professeurs de mathématiques lui répondit sévèrement:

«C'est une affirmation pseudo-scientifique. Pouvez-vous citer un SEUL cas de survivant de camp de concentration, de torture, de bombardement ou de viol, qui l'oublie? Cela n'arrive jamais, même pour un simple accident de voiture, les gens se souviennent toujours de tout, avec les détails les plus précis».

J'aurais embrassé mon professeur. Mais au lieu de prendre ce fait en compte, la dame restante n'a pas répondu, déclarant simplement la fin de la séance. De sorte que tout le monde s'est dispersé dans un brouhaha, échappant à l'inévitable conclusion. Je n'ai plus jamais revu aucune de ces deux dames.

Après, il y a eu les vacances de Toussaint. Ma mère ne m'a plus jamais amené chez le honteux professeur. Je trouvais encore régulièrement mes tiroirs fouillés et laissés en désordre, et cela dura jusqu'à ce que j'aie 18 ans et que je quitte définitivement la maison, lorsque je devins étudiante. De temps en temps, je voyais encore la dame impolie à l'école, mais à chaque fois elle m'évitait et elle ne me parla plus jamais. Elle avait brusquement compris que les fausses accusations de pédophilie sont une arme à double tranchant.

J'ai repris confiance en moi après avoir vécu cette victoire sur une bande d'adultes malfaisants. Je reste éternellement reconnaissant à mon professeur de mathématiques et à tous les autres qui ont continué à me considérer normalement, au lieu de regarder ailleurs quand j'étais là.

Bien des années plus tard, j'ai compris des choses que je n'avais pas vraiment saisies à l'époque, mais qui ont quand même eu des conséquences décisives sur ma vie.

Tout d'abord, je n'étais pas «mauvaise». Surtout, ma mémoire ne me jouait pas de tours. J'ai vérifié à maintes reprises: les histoires de «souvenirs refoulés» ne se produisent qu'avec de fausses accusations sexuelles, ou avec de fausses affirmations de «contact extraterrestre». Dans tous les autres cas, tout le monde insiste que les souvenirs choquants les suivent à jamais. De nombreuses personnes souffrent même du syndrome de stress post-traumatique (PTSD), précisément parce que ces souvenirs choquants resurgissent toujours dans leur conscience. J'ai moi-même connu plusieurs épisodes de stress post-traumatique, en voyant des tapis persans ou des médecins masculins en blouse blanche.

Deuxièmement, je n'étais pas seule dans un monde d'adultes pervers. Il y avait des adultes normaux, en qui je pouvais avoir confiance (surtout qu'ils ne se mettaient pas à vérifier si mes slips étaient propres ou des choses comme ça). J'étais reconnaissante à mon professeur de mathématiques, bien que nous n'ayons jamais parlé de cela. Je l'ai eu l'année suivante, et plusieurs fois je suis allée à son bureau après la leçon, pour demander des éclaircissements. Il le faisait toujours avec le sourire. Je l'ai chaleureusement remercié, et je pense qu'il a compris que ce n'était pas seulement pour les maths. Jamais je n'ai autant aimé les maths que cette année. Cela a en quelque sorte «débloqué» ma compréhension de celles-ci. Ce qui a été déterminant pour ma future carrière scientifique.

Ce dont j'"avais été victime était un psychologue pervers, qui prétend faire de la «psychothérapie» à des enfants, afin de leur faire «revenir leurs souvenirs réprimés». En réalité, ils harcèlent et humilient sexuellement les enfants, jusqu'à ce qu'ils confirment des histoires fausses, pour mettre fin à leur calvaire. Cela est bien documenté dans l'incroyable scandale du conté de Dade, ou la chasse aux sorcières historique de Salem, où des enfants étaient kidnappés et isolés de leurs parents, harcelés et menacés afin de leur extorquer de faux aveux de crimes imaginaires. Et j'avais échappé à des choses bien pires, comme dans le scandale du conté de Dade: des viols psychologiques utilisant des «poupées anatomiques» (avec organes sexuels) pour induire des confabulations de scénarios sexuels, ou des «jeux de théâtre» imposés, filmées en cachette pour servir de «témoignages sincères». Bien sûr, ces méthodes de terroristes sont dénoncées par tous les vrais psychologues, comme une sorte de pédophilie en soi. Pour les vidéos, je n'ai jamais su, peut-être que le professeur pervers me regarde t-il encore, jouissant de ma voix tremblante d'humiliation. Ou peut-être a-t-il mis cette vidéo sur des sites pédos de l'Internet noir. Au cas où, je ne me suis plus jamais habillée de la même façon que ce jour terrible, et j'ai laissé pousser mes cheveux, pour ne pas être reconnue.

Je sais que j'aurais dû aller plus loin, comme de faire un procès à cet homme répugnant. Mais j'ai aussi vu depuis, que dans le dégoûtant scandale d'Outreau, la plupart des coupables n'ont pas été punis, et les

enfants abusivement privés de leurs parents n'ont pas été indemnisés. Quelque part, j'avais le sentiment que dans les affaires de pédophilie, les enfants sont encore traités comme des coupables. Pas ouvertement, mais pourtant, à un moment donné, les procédures ne reconnaissent pas les véritables dommages.
De plus, la surveillance maniaques de ma mère me handicapait littéralement: Je n'avais même pas d'endroit sûr pour garder tous les papiers!

Malheureusement, tout cela ne m'a jamais ramené mon père. Je n'avais plus aucune information sur lui.

Jusqu'à ce funeste mois de Décembre 2011, où ma mère m'a appris qu'il était mort. Elle a juste dit ça à l'aise, comme d'un fait sans importance. Je parie même qu'elle souriait.

CHAPITRE 9: LA RÉUNION

(Par Malyan-Léo, troisième personne)

Dans leur merveilleux Vashyu, paradis de l'au-delà, Malyan-Léo et Elyan se promenaient, explorant inlassablement ses paysages illimités. Depuis les montagnes vertes sur lesquelles ils se tenaient, la vue s'étendait à de vastes plaines, des lacs, des forêts et d'autres montagnes. Au loin, les couleurs s'estompaient dans un violet lumineux, et plus loin encore en un horizon bleu saturé. Ils ne pouvaient jamais être blasés, car ils appréciaient et goûtaient profondément les vibrations puissantes et vivantes du paysage, tout en les désirant toujours. Chaque fois qu'ils franchissaient un coin, ils découvraient un nouveau paysage unique, de nouvelles plantes, de nouvelles pierres, et le plaisir de chacun des deux était magnifié par celui de l'autre.

Leur monde était incroyablement vaste, un million de fois plus que nécessaire pour accueillir seulement quelques centaines de milliers de personnes. Et ce n'était qu'un seul monde, parmi des milliers d'autres mondes spirituels. Certains étaient même beaucoup plus vastes, comme le célèbre Sukhavati, aussi appelé Dewatchen, le rêve de tous les débutants en méditation. Et cela n'était que pour les humains de la Terre. Si l'on compte toutes les espèces du Cosmos, leur nombre total est incommensurable.

De plus, chaque endroit était différent, avec des plantes différentes, des styles différents, des vibrations différentes. Ainsi, leur exploration était une source quasi inépuisable d'ébahissement, de merveilles et de surprises. De plus, Elyan avait appris à Malyan à utiliser l'hyperportail en toute sécurité, afin qu'ils puissent avoir un aperçu des autres mondes. Mais ils avaient encore de nombreuses explorations à faire dans leur propre monde. Bien sûr, dans cette nature vierge, ils trouvaient souvent des grottes, des bassins, des kiosques, des nids d'amour, des retraites, et même de grands palais ou des temples luxueux. Nombre d'entre eux avaient été construits il y a des siècles, à l'époque des anciens Maharajas de l'Inde. Ils étaient utilisés ou abandonnés, mais aucun ne se dégradait. Ils restaient intacts, avec toutes leurs puissantes vibrations, leurs jardins parfaitement taillés et leurs fleurs éternelles. A moins que le propriétaire ne leur ait permis de prendre l'aspect de ruines, dissimulant le mystère sous des lianes et des ombres vert foncé, comme dans un rêve de Mowgli.

Certains de ces bâtiments étaient sacrément puissants à évoquer diverses vibrations ou émotions. Vous marchiez sous un chemin de lianes vert foncé, pour soudain vous retrouver face à une statue de Shiva terrible, l'air vivante, et même bougeant, comme beaucoup de statues dans Vashyu. C'était aussi fort et impressionnant que de rencontrer le puissant dieu en personne. Certaines étaient encore plus puissantes, mais d'autres émanaient une variété de vibrations agréables, joyeuses ou paisibles, comme de personnes très douces.
Et ce n'était que pour les statues. Les rencontres avec des personnes réelles pouvaient être encore plus surprenantes. Rappelez-vous que beaucoup étaient ici depuis des siècles, et qu'ils avaient donc eu le temps de développer des personnalités puissantes, originales et très inattendues.

Ils ne furent donc pas étonnés de trouver une sorte de temple dans une forêt de vitraux jaune-vert lumineux, avec d'étranges chants d'oiseaux résonnant dans l'immensité de la canopée, cent mètres plus haut. Cela ressemblait beaucoup à la mémorable introduction de Yes, «Close to the Edge», avec le même fantastique désir vert de vivre dans une nature intacte.

Habituellement, ces constructions solitaires étaient des nids d'amour ou des retraites de méditation, de sorte qu'une coutume courante était d'éviter de déranger les gens qui s'y trouvaient. Mais cette fois-ci, l'habitant, vêtu d'une sorte de tunique rougeâtre, se tenait devant l'entrée, comme si il les attendait.

Bien sûr, il est difficile de transcrire leur conversation en mots, car ils échangent directement des idées, sans parler. Mais essayons:
«Bonjour. Moi Namgyal (nom tibétain vajrayana, signifie «Le Victorieux spirituellement»).
-Bonjour. Moi, Elyan. Vibration lumière Jaune-vert gentillesse.
-Bonjour. Moi Malyan. Science, complément violet foncé d'elle»
Des sourires, des vibrations amicales.
Ils restèrent plusieurs minutes tous les trois sans penser, savourant de longues gorgées de l'atmosphère délicieusement apaisante de l'endroit.
Puis Namgyal passa à une vibration active. Le feuillage se transforma en une lumière orange dorée, et les mélodies profondes des oiseaux furent

remplacées par un joyeux bavardage de mésanges. Comme si la vibration de «Yes» était passée du vert à l'orange.

«J'ai besoin de toi, Malyan, pour tester quelque chose qui n'a jamais été fait auparavant.

-Intéressant. Mais pourquoi moi?

-Parce que tu connais la méditation, et que tu as toujours une connexion avec la Terre.

-Quelle connexion?

-Christine.

-Oh! Je me demande comment elle va?

-Aussi bien qu'elle peut l'être, étant donné sa situation de sujétion. Elle voudrait savoir ce que tu deviens, mais il ne lui est donné aucune information pour l'instant. Il y a aussi un notaire qui a arrangé sa maison. Elle aura bientôt 18 ans. Dans quelques mois seulement, maintenant.

-Oh, merci beaucoup de m'expliquer, c'est bon de savoir, j'avais tellement peur qu'elle me déteste.

-Pas du tout. Elle a compris le problème.

-Mais pourquoi moi? Il y a beaucoup de gens qui ont encore de la famille sur Terre?

-Tu as quelque chose d'autre, qui est quasiment unique. Tu étais un utilisateur des mondes virtuels. C'est une chose qui est couramment utilisée sur d'autres planètes, dans une mesure que les Terriens ne peuvent pas réaliser, mais qui est très nouvelle sur Terre. Et tu as toujours un «corps» là-bas. Cela simplifie beaucoup notre expérience.

-Oui, mais...

-Nous avons construit un dispositif intéressant dans un endroit secret du Montana, sur Terre. Nous aimerions que tu essaies de le chevaucher. Si tu es d'accord, nous pouvons organiser un groupe d'aide dans Vashyu, avec certains de mes amis. Elyan peut aussi être une aide précieuse».

Namgyal hésita un peu, puis il ajouta:

«Tu pourrais même essayer de contacter Christine»

Malyan ressenti un battement de coeur (Cela arrive avec l'émotion, même si dans les mondes spirituels nous n'avons rien de tel qu'un coeur ou du sang).

Il sentit également la main d'Elyan presser la sienne. Il devint interrogatif, mais il a tout de suite compris sa réponse: Elyan était la véritable mère de Christine, d'une certaine façon. Tout était donc évident.

CHAPITRE 10: CONTENTS DE TE REVOIR, LÉO

(Dialogue virtuel à plusieurs personnages, avec l'auteur à la première personne sous le nom de Yichard Muni, en partie copié depuis un chat public réel de Inworldz, anonymisé)

L'expérience de Vassiliev a été un succès éclatant. C'est ainsi que la fantastique conversation suivante a eu lieu dans le groupe «Inworldz welcome», en février 2018: (les noms ont été changés)

[08:39] Love Dinkie: S'il vous plaît tout le monde, accueillez Yvan Staroslav, Jill Montana, Nam Trul et Apricot Tanaka
[08:39] Anita Mariana: Woot woot bienvenue Yvan Jill Mam Apricot!
[08:39] Jess Willy: Bonjour, et bienvenue ici
[08:39] Yichard Muni: Vedui, Yvan, Jill, Nam et Abricot! Que votre séjour ici soit long et heureux! Méfiez-vous juste des voleurs de cookies!
[08:39] Love Dinkie: tee eeh tee eeeh
[08:40] Antony Lover: Bonjour à vous quatre
[08:40] Enzo Milano: wow quatre! Les mentors sont en forme aujourd'hui
[08:40] Yvan Staroslav: Bonjour, et merci pour votre accueil chaleureux
[08:40] Enzo Milano: Des cookies?
[08:40] Antoine Lover: .-~*Woot Woot*~-.
[08:40] Enzo Milano: Cookies aux abricots, miam miam
[08:40] Yvan Staroslav: comme vous vous en doutez, nous sommes une équipe. Mais il y en a un cinquième, que vous connaissez peut-être déjà
[08:41] Enzo Milano: Un cinquième? qui est le sixième alors
[08:41] Love Dinkie: «Take five» tut tulut
[08:42] Gai Luron: Ne gouglez pas «Take six» lol ?
[08:42] Anita Mariana: Nous les voulons tous
[08:42] Léo Juste: 2ghe bnj bo ee hek bonjou
[08:42] Yichard Muni lance la tofinelle sauteuse dans le chat
[08:42] Funny Ferret: - eek -
[08:42] Yvan Staroslav: Uh Oh Léo semble avoir un clavier rauque
[08:43] Anita Mariana: Léo Juste?
[08:43] Yichard Muni: Bienvenue Léo, ça fait longtemps qu'on ne s'est pas vu

[08:43] Léo Juste: bojour
[08:43] Léo Juste: ha
[08:43] Anita Mariana: Bienvenue Léo, ne sois pas timide!
[08:43] Nam Trul: Bonjour à tous. Non, ce n'est pas de la timidité, Léo n'a pas utilisé de clavier pendant des années
[08:44] Funny Ferret: Pas de clavier? - blam -
[08:44] Anita Mariana: Pas de clavier? Mais il tapé avec sa queue, ou quoi
[08:44] Léo Juste: dibky qu'e-ce qu ces
[08:44] Léo Juste: dinky
[08:44] Nam Trul: Oui, il s'était connecté pour la dernière fois en 2011
[08:45] Yichard Muni: Phieww qui fait beaucoup... Plein de choses se sont passées ici depuis
[08:45] Anita Mariana: Les dinkies sont les plus mignonnes petites créatures
[08:45] Love Dinkie: Les dinkies dirigent le monde
[08:45] Yichard Muni: les dinkies dirigent le monde jusqu'au niveau des genoux. Le reste est pour nous, les elfes
[08:46] Léo Juste: yicha je m rapel to toi dan ere eire
[08:46] Yichard Muni: Oh, Eire... c'était il y a longtemps, le premier jeux de rôle de Inworldz. C'était un bel endroit, mais malheureusement il a disparu.
[08:47] Antony Lover: Oh, beaucoup de choses se sont passées depuis 2011... nous avons la physique, les meshs, et des avions, des voiliers
[08:47] Antony Lover: .-~*Woot Woot*~-.
[08:47] Anita Mariana: et des trains
[08:47] Enzo Milano: nous avons des batailles navales et beaucoup d'événements
[08:48] Léo Juste: oh domag ce parti, je 5veu visiter les auter endroi
[08:48] Yichard Muni: En fait, il y a plusieurs lieux de jeu de rôle qui ont apparus et ont disparu depuis. Mais nous avons beaucoup de beaux endroits maintenant
[08:48] Enzo Milano: Mais que s'est-il passé, si je peux me permettre de demander,
[08:48] Antony Lover: Oui, pourquoi es-tu resté si longtemps coincé en RL
[08:48] Anita Mariana: Il était coincé en RL, quelle horreur, pauvre Léo
((Note de l'auteur: RL = «Real» Life, le monde physique, par opposition au monde virtuel))

[08:48] Gai Luron: RL devrait être interdit, c'est un endroit très malsain, surtout pour les enfants
[08:49] Léo Juste: Errh jetai malad.. cancer. a l'hodpital, ils voulaient pas me laisser un ordi
[08:49] Yichard Muni: Oh, désolé d'entendre ça
[08:49] Enzo Milano: Pauvre Léo, une maladie si hideuse
[08:49] Antony Lover: Désolé d'apprendre, Léo
[08:49] Anita Mariana: RL est si mauvais
[08:50] Anita Mariana: -*CACA*-
[08:50] Love Dinkie: Je suis désolé Léo
[08:50] Jess Willy: Heureux que tu aies enfin gagné
[08:50] Olde Professor: Oh Léo, tu devrais visiter les régions du Relay for life... nous avons fait le «village de l'espoir» (Hope village) pour les survivants du cancer et pour les soignants
[08:51] Yichard Muni: Oui, c'est une excellente initiative... les personnes hospitalisées peuvent rencontrer leur famille grâce aux mondes virtuels, et avoir une vie sociale normale
[08:51] Olde Professor: Si tu es un survivant, tu peux visiter le village de l'espoir
[08:51] Love Dinkie: ah
[08:51] Antony Lover: ?
[08:52] Anita Mariana: Oui, le traitement du cancer s'est beaucoup amélioré
[08:52] Olde Professor: Alors maintenant, tu peux revenir parmi nous! Contents de te revoir, Léo! Et oui, nous avons beaucoup de nouveautés
[08:52] Léo Juste: bien je serai heureu 2 revenir... x mais ca sra divficilgk
[08:49] Antoine Lover: tu es le bienvenu
[08:49] Anita Mariana: toi et tes amis
[08:50] Love Dinkie: Oui, viens quand tu veux
[08:50] Jess Willy: Heureux que tu aie enfin gagné
[08:50] Yichard Muni: C'est bien que tu puisses te connecter maintenant... n'hésite pas à découvrir de nouveaux amis
[08:51] Léo Juste: merciss ay voui zll andpjfj58oe ufuff6fg fgr5
[08:51] Léo Juste is offline.
[08:52] Yvan Staroslav: Il semble que Léo ait perdu la connexion. Nous recevons maintenant une série d'octets aléatoires.
[08:52] Jill Montana: Oui, c'est difficile pour lui
[08:52] Nam Trul: Je dois avouer que je n'étais pas du tout sûr qu'il puisse parler dans un cadre public

[08:52] Abricot Tanaka: Nous devons vous remercier tous pour votre aimable accueil. Cela a beaucoup aidé à la réussite de notre expérience

[08:53] Yichard Muni: Expérience? Quelle expérience?

[08:53] Jess Willy: Pourquoi lui est-il si difficile de se connecter?

[08:53] Yvan Staroslav: Eh bien, disons que nous avons essayé une méthode de connexion très spéciale, depuis, disons, un endroit très éloigné

[08:53] Yvan Staroslav: Et cela a merveilleusement bien fonctionné, bien mieux que ce que nous attendions. Spasibo druzya, merci les amis!

[08:54] Nam Trul: Tudjesik, amis

[08:54] Jess Willy: Mais peut-il se reconnecter?

[08:54] Abricot Tanaka: Arigato!

08:54] Yichard Muni: bien, mais c'est un ami, pas seulement une expérience. Vous testez un bot sur nous, ou quoi?

((Note de l'auteur: un bot (robot) est un personnage animé par un ordinateur. Normalement, dans Inworldz ils sont identifiés comme tels, pour éviter la triche. Mais il reste possible qu'un ordinateur distant contrôle le navigateur, pour se faire passer pour un humain))

[08:54] Jill Montana: Oh oui, c'est bien le vrai Léo, pas un robot. Mais il a dû être, disons, aidé, pour se connecter. En fait, un groupe de 500 personnes a travaillé pour établir cette connexion. Ce n'est pas pratique.

[08:54] Yichard Muni: 500? Pourquoi?

[08:54] Anita Mariana: 500?

[08:54] Love Dinkie: wow

[08:55] Jill Montana: Ok, nous sommes désolés, mais nous ne pouvons pas en dire plus pour l'instant. Léo est en sécurité là où il se trouve, et c'est vraiment un endroit merveilleux. C'est juste que... eh bien, il n'y a pas de points d'accès wifi là-haut, et il est, disons, inhabituel de recevoir une quelconque connexion Internet depuis cet endroit. C'est ce que nous étions en train de tester.

[08:55] Yvan Staroslav: Avec nos nouveaux récepteurs qui arrivent bientôt, nous espérons pouvoir réduire le groupe de soutien à une taille plus gérable.

[08:55] Apricot Tanaka: Oui, le prototype fonctionne comme prévu. Nous allons bientôt commencer les tests réels. Attendez-vous à voir votre ami plus souvent. Une fois que ce sera fait, nous pourrons placer l'ensemble du détecteur dans un seul circuit intégré, dans une clé USB.

[08:56] Jill Montana: Nous allons bientôt essayer d'autres contacts. Pour l'instant, nous ne pouvons pas en dire plus, mais nous donnerons plus d'informations aux gérants de Inworldz, et à Olde Professor. Nos appareils pourraient éventuellement être installés dans les serveurs de Inworldz, une fois miniaturisés, pour permettre à plus de personnes de se connecter avec cette méthode.

[08:55] Yvan Staroslav: Pour l'instant, nous devons nous déconnecter, tous les quatre. Nous reviendrons, mais nous ne savons pas encore quand.

[08:54] Anita Mariana: - Au revoir! -

[08:54] Yichard Muni: ok, bye, mais on se demande bien ce que vous fabriquez, ça nous rend curieux. Revenez vite, s'il vous plaît.

[08:54] Jess Willy: Bonsoir.

[08:54] Olde Professor: Au revoir, et oui, j'espère bien en savoir plus sur ce que vous faites. Cela semble passionnant. Mais vous nous cachez un indice essentiel.

[08:55] Antony Lover: Au revoir, bonne journée.

[08:55] Enzo Milano: au revoir

[08:56] Love Dinkie: ils ont tous pouffé (disparu en fumée) de IDI (le lieu d'accueil de Inworldz)

[08:58] Yichard Muni récupère la tofinelle sauteuse du chat

[08:59] Tofinelle sauteuse whispers: Ah si les tofinelles pouvaient parler, et dire ce que j'ai vu.

(Par Christine, à la première personne)

Bon, rêver que je reçois une lettre de Chine, d'un lama tibétain en robe monastique rouge, n'est pas vraiment étonnant.

Par contre, recevoir la dite lettre en vrai le lendemain l'est.

En ouvrant ma boîte aux lettres, je l'ai vue et je l'ai apportée dans ma chambre d'étudiant, sans faire le lien avec le rêve.

Mais quand j'ai vu le timbre et le tampon chinois, le nom tibétain «Namgyal» et l'adresse à Shanghai, j'ai été stupéfaite!

C'était sûrement quelque chose d'extraordinaire.

L'homme écrivait en anglais simple, avec une longue formule de salutation. J'étais un peu frustrée, car il ne donnait pas le motif de sa lettre, juste qu'il voulait me parler dans Inworldz. J'avais récemment entendu parler de Inworldz par des amis intéressés par les mondes virtuels, comme étant un meilleur endroit que Second Life. Et bien sûr par mon père, bien des années plus tôt. J'avais déjà installé le navigateur Firestorm, mais j'ai dû créer un personnage pour Inworldz: Christine Faery. J'ai trouvé mon homme, nommé Nam Trul dans Inworldz. Il était hors ligne à ce moment-là. J'ai dû calculer ses heures possibles à partir du fuseau horaire de Shanghai, et j'ai découvert qu'il était réveillé lors de ma propre matinée. Son profil était vide, sans groupes visibles. La seule information qu'il ne pouvait pas cacher était qu'il était dans Inworldz depuis le début en 2010. Je lui ai donc laissé un message avec une demande d'ami, pour le retrouver. La réponse est arrivée le lendemain, et elle était assez inattendue. J'ai reçu un message hors ligne, disant qu'il voulait juste que je parle avec une autre personne, Léo Juste. Qui était ce type? Et pourquoi ne pouvait-il pas prendre contact lui-même?

J'ai répondu dans un message hors ligne que je n'avais aucune idée de qui était Léo Juste. J'ai trouvé son profil, également créé au début de Inworldz, mentionnant simplement le groupe «Inworldz welcome», et le groupe «Land of Eire». Sa dernière connexion toutefois remontait à quelques jours. Quelques minutes plus tard, Namgyal vint en ligne, de sorte que nous avons pu parler. Mais il n'a pas répondu à mes questions, expliquant simplement qu'il était très difficile pour Léo de se connecter et de taper du texte. Ils avaient dû mettre en place toute une organisation. Namgyal a donc organisé un rendez-vous pour le dimanche suivant.

Je commençais à me méfier, comme d'un possible escroc, quand il a enfin tapé quelques explications: «Vous connaissez Léo. Là où il est, très difficile taper des messages. Il ne peut pas parler. il ne peut pas entendre. À cause de ça cette cette rencontre sera difficile. Nous avons besoin de beaucoup de préparation. Mais c'est très important pour vous». Puis il a ajouté, comme si j'avais demandé: «Nous sommes honnêtes, pas des escrocs». Puis «C'est une situation très inhabituelle. Moi-même, je ne peux pas parler depuis la Chine. Je ne peux pas assister à la réunion». Ok, je connaissais la Chine, la censure d'Internet, le racisme contre les Tibétains, et tout ça. Mais je n'étais impliqué dans rien de ce genre, alors pourquoi craignait-il les autorités chinoises? Bien sûr, il ne répondrait pas à ces questions. J'ai donc noté l'heure et le lieu du rendez-vous, pour le dimanche suivant. Il a insisté à plusieurs reprises sur le fait que c'était sans danger et que c'était important pour moi. Il a répété «pas argent, pas sexe pas politique». C'était rassurant, lol, sur Internet il faut se méfier de tout, même du sexe! Il a même ajouté «Rien d'illégal avec la Chine. Mais difficile à expliquer à gouvernement» comme s'il devinait ma pensée.

Namgyal s'est déconnecté à ce moment-là, disant qu'il était occupé. J'étais assez intriguée, mais pas convaincue. Il m'avait laissé un landmark du lieu de rencontre. J'ai décidé d'y jeter un coup d'œil, au cas où je pourrais en savoir plus sur le sujet.

La téléportation fonctionna. Le lieu a pris plus de temps que d'habitude pour apparaître sur mon écran, indiquant beaucoup de textures originales. C'était comme bien des régions dans Inworldz, une île ondulée avec une plage, des arbres et une petite maison, d'apparence vaguement japonaise. J'avais atterri à côté d'une piste de danse, avec plusieurs sièges en cercle tout autour. C'était juste très petit, une caractéristique inhabituelle pour une piste de danse virtuelle. Il y avait beaucoup de fleurs joliment colorées, et la texture du sol était d'un vert joyeux, pas des couleurs grisées habituelles. Les plantes étaient du même style, ce qui expliquait les textures originales de grande taille. Sûr que le propriétaire avait bon goût. Mais je n'ai pu obtenir aucune information sur la destination de ce lieu. Rien non plus dans le nom de la parcelle ou dans le covenant du domaine. Il était classé pour le grand public, ce qui excluait les trucs de sexe. Rien n'était au nom de Namgyal ou de Léo. Puis j'ai réalisé que l'endroit n'était pas ouvert au public, et que j'avais été ajoutée à une courte liste d'accès, avec Léo, Namgyal et quelques autres que je ne connaissais pas.

Je me suis déplacée un peu, et soudain...

La vue était exactement comme dans mon rêve!

Boooon, ce n'était certainement pas une arnaque pour de l'argent.

C'était d'un niveau beaucoup plus élevé.

Il est déroutant qu'un endroit aussi banal que Inworldz dissimule de vrais mystères et de la magie. Qui étaient ces gens, et pourquoi se réunissaient-ils en privé? Comment aurais-je pu être averti par un rêve? Leurs profils ne mentionnaient rien de particulier, juste qu'ils venaient du monde entier: États-Unis, Europe, Chine, Japon, Russie, Pakistan.

Pour des raisons de fuseau horaire, la réunion se tenait vers midi en France. Les repas étaient apparemment considérés comme sans importance.

Inutile de dire que j'attendis ce dimanche avec impatience. Bien que toujours avec circonspection.

J'étais si excitée que je me suis mise en ligne environ une heure avant, pour trouver deux personnes déjà dans la région: Yvan Staroslav et Apricot Tanaka (la propriétaire, avec un si bon goût). Yvan avait un costume masculin classique gris foncé, tandis qu'Apricot portait un kimono moderne de couleur… abricot, avec des motifs rouges discrets, qui la faisait ressembler à un abricot mûr. Ils étaient très sympathiques, mais ils ont refusé de me faire connaître la raison de la rencontre avant que tout le monde ne soit présent. Nous avons donc discuté de leur activité officielle: le SETI! C'était fascinant d'avoir des nouvelles du SETI, car ces gens travaillaient couramment avec des personnalités et des ingénieurs. Malheureusement, ils n'avaient pas de découvertes non divulguées, de sorte que je n'ai rien appris d'important sur les extraterrestres. Cela a pourtant permis de passer l'heure de manière intéressante et instructive. Puis Jill Montana est arrivée elle aussi, disant aux autres que «le système était prêt et en fonctionnement». Se rendant compte de ma présence, elle a fait oups, et a ri. Mais elle n'a pas expliqué ce qu'était «le système».

Deux autres personnes sont arrivées, puis le fameux Léo Juste, celui que je devais rencontrer.

Bien qu'il fut âgé de plusieurs années, Léo portait encore une ancienne tenue masculine obsolète, juste un peu plus colorée que d'habitude. Il est resté tout le temps maladroitement planté sur la piste de danse, ne faisant aucun geste, et tapant à un rythme péniblement lent. Selon les normes actuelles de la vie virtuelle, ce serait parfaitement inacceptable, même pour un bleu complet, mais j'ai immédiatement ressenti quelque chose d'étrange à son sujet. Il me semblait, eh bien, familier.

Enfin, Jill a commencé à m'expliquer.
[12:04] Jill Montana: Christine, nous sommes ici pour tenter une expérience qui n'a jamais été faite auparavant.
[12:04] Léo Juste: y
[12:05] Jill Montana: Pardonne à Léo de taper si mal. En fait, ce qu'il fait est extrêmement difficile.
[12:05] Léo Juste: hhh
[12:05] Jill Montana: Nous avons dû mettre en place tout un système et une assistance pour lui permettre de parler ici. Nous l'avons déjà fait, mais il a beaucoup insisté pour parler avec toi en personne. Nous avons pensé que votre lien d'amour l'aiderait beaucoup.
[12:16] Christine Faery: Un lien d'amour? Mais je ne le connais même pas!
[12:06] Léo Juste: bonj cris

[12:06] Jill Montana: Bon, inutile de tourner autour, mieux vaut le dire,
Léo.
[12:06] Léo Juste: je s suis ton perr

À ce point, je pensais que c'était une énorme blague. Une très mauvaise
blague, un truc de malade. Ce gars se prenait pour Dark Vador, ou quoi?
Puis une pensée horrible surgit dans mon esprit: mon père Léo n'était pas
mort, mais il était depuis tout ce temps dans un syndrome locked-in ou
quelque chose comme ça. Et ceci était une terrible expérience, pour
essayer de le faire communiquer malgré cette affreuse condition. J'étais
tellement sidérée que je restais un moment sans pouvoir taper. Mais Léo a
continué:

[12:06] Léo Juste: pa loked in
[12:06] Léo Juste: vraimen mor
[12:06] Léo Juste: jai vu francin voler baloo mis a poubel quan tu etai ecol

Cela allait encore plus loin: comment pouvait-il répondre à ma PENSÉE?
Comment pouvait-il savoir pour mes jouets? Pour Baloo, je lui avais dit.
Mais ma mère avait continué à supprimer tous mes jouets d'amour bien
après sa mort!

 [12:08] Léo Juste: elian vu tamener mauvai psy

Ça, par contre, très peu de personnes le savaient. J'étais encore trop
effrayée pour taper.

[12:10] Léo Juste: tu la pa vu mai el etai a cote elle aide
[12:12] Léo Juste: ta aide a pa peur quand tla denonce
[12:13] Léo Juste: il est mor en mauvai endroi
12:15] Léo Juste: casseur denfant coince dan fumier et glace endroit triste
com enfant orfelin je peu pas laider

J'ai fini par demander:

[12:16] Christine Faery: Mais... où es tu? Comment peux tu me parler?

[12:16] Jill Montana: Christine, Léo est dans un lieu de repos dans l'après-vie. Ce que les Chrétiens appellent un paradis, ou les Bouddhistes une terre pure.

[12:16] Léo Juste: endroit joli

[12:16] Jill Montana: Normalement, il est impossible de parler avec quelqu'un dans un paradis de l'au-delà. Il n'y a pas de voie d'information pour ce faire.

[12:17] Léo Juste: sui eureu ici

[12:17] Jill Montana: Nous avons fait une expérience, avec une méthode entièrement nouvelle. C'est comme cela que ton père te parle.

[12:17] Léo Juste: lieu appelé vasu vashu

[12:18] Jill Montana: Il y a une partie technologique, mais pas seulement. Léo a dû apprendre à contrôler notre appareil, et c'est la partie spirituelle.

[12:18] Léo Juste: vashyu

[12:19] Jill Montana: Je pense qu'il se fatigue du niveau de concentration requis.

[12:19] Léo Juste: ta vrai mere sappelle el el elian

[12:20] Christine Faery: Mais... es-tu heureux là-haut?

[12:21] Léo Juste: moa malyannn el eelya

[12:19] Léo Juste: elle taime, elle ta vrai mer

12:21] Léo Juste: aimfjjs aimejhslxlorjfhsgjhds

[12:22] Léo Juste is offline.

[12:23] Jill Montana: Désolée, Christine, on a perdu la connexion. Tu comprend que c'est difficile.

[12:23] Christine Faery: Mais... c'est tellement incroyable!

[12:23] Jill Montana: Je sais. Nous l'avons déjà fait. Mais cette conversation était si fantastique

[12:24] Christine Faery: Je ne peux pas croire... Mon père?

[12:24] Jill Montana: nous n'étions pas sûres qu'il était vraiment ton père. Mais c'est lui qui a donné ton nom.

[12:24] Jill Montana: Il a beaucoup insisté, auprès de Namgyal. C'est pourquoi Namgyal t'a contactée depuis Shanghai. Au début, nous ne voulions pas, de peur que ce soit trop émotionnel.

[12:25] Christine Faery: C'était... Je suis complètement sidérée.

[12:25] Jill Montana: Namgyal a son propre accès à Vashyu. Il peut parler avec ton père sans technologie.

[12:25] Christine Faery: Comment?

[12:25] Jill Montana: C'est un Tulkou. Il peut le faire. Il travaille sur Terre depuis des siècles. Quand il n'y est pas, il est à Vashyu, où il a beaucoup de disciples. Il a aussi de grands projets pour la Chine. Il considère qu'au lieu de chercher à se venger du mal qu'ils ont fait au Tibet, il a choisi de chercher à leur apporter le bien. Il dit que cette approche fonctionne déjà aujourd'hui, et qu'elle apportera de grands bénéfices plus tard, dans les années 2040.

[12:26] Yvan Staroslav: Bon, nous avons beaucoup hésité, avant de vous inviter. Au cas où l'expérience aurait mal tourné. Mais Léo a insisté pour le faire avec vous. Et surprise, il était si heureux de vous parler que finalement l'expérience a bien mieux fonctionné!

[12:27] Abricot Tanaka: Merci beaucoup d'avoir permis à cette expérience d'avoir lieu! Nous sommes heureux si cela t'a permis de parler avec ton père!

[12:27] Nam Trul is online.

[12:28] Nam Trul: Bonjour Christine!

[12:29] Christine Faery: Bonjour Nam!

[12:29] Nam Trul: J'étais à Vashyu. J'aidais ton père à Vashyu. L'équipe était composée de plus de 500 personnes, j'ai du rassembler tous mes disciples là-haut. D'autres personnes sont venues aussi. Je suis heureux si cela a été un succès!

[12:29] Christine Faery: Tant de personnes?

[12:30] Nam Trul: Oui. Notre expérience a suscité beaucoup d'intérêt dans le monde spirituel. Vraiment beaucoup. Il y a quantité de gens à Vashyu, avec encore de la famille sur Terre. Nous ne nous attendons pas à avoir une sorte de ligne téléphonique fonctionnant à tout moment pour des bavardages sans signification. Mais même quelques mots sur plusieurs années changeraient tant de choses, pour tous ceux qui sont si douloureusement séparés sans nouvelles les uns des autres. Des mots qui pourraient être d'une aide si précieuse, pour tous ces gens coincés sur Terre, luttant contre le désespoir, l'ignorance, la misère. Au moins, ils seraient sûrs que leurs efforts et leurs souffrances auront une fin, et qu'ils peuvent donner un sens à tout cela.

Nous avons discuté comme ça pendant plusieurs heures. J'avais tellement de questions sur le fonctionnement de ce système, sur la façon dont des appareils techniques disponibles sur le marché pouvaient être rendus sensibles à des données spirituelles. Compte tenu de ma formation scientifique, j'ai compris la technique utilisée par Abricot. Mais le fait restait: c'était un message du monde spirituel! La science s'était intéressée à la communication spirituelle tout au long du XIXe siècle, mais à l'époque, elle n'avait aucun moyen de comprendre comment cela pouvait fonctionner. C'est pourquoi, depuis, les scientifiques considèrent toute communication avec l'au-delà comme une illusion. Une posture encore aggravée par l'athéisme militant qui a pris contrôle de la science au début du 20eme siècle. Et même encore aujourd'hui en ce jeune 21eme siècle, la science n'a toujours pas la moindre théorie sur la nature de la conscience, pour commencer.

Apricot expliqua: «En fait, la façon dont le côté spirituel contrôle le côté matériel fonctionne comme le libre arbitre, de sorte que nous sommes naturellement doués pour cela. Bien sûr, l'effet physique du libre arbitre est très petit, plus petit que les fluctuations dues à l'activité du cerveau. Mais mes circuits intégrés neuronaux n'ont pas ces fluctuations, et ils peuvent recueillir l'influence utile du monde spirituel, par de nombreux neurones réagissant en cohérence. En fait, ce n'est pas aussi difficile que de détecter des ondes gravitationnelles, mais cela fonctionne tout à fait différemment: avoir de nombreuses «masses de tests», et comparer leurs mouvements différents mais reliés avec le réseau neuronal, au lieu d'en protéger une seule contre le bruit ambiant.»

Ce n'est que lorsque je suis allé me coucher que j'ai été submergée par la joie d'avoir rencontré mon père.
Ma partie mondaine disait que tout ceci n'était pas possible, une escroquerie, une blague. Mais je raisonnais: en admettant que ce soit quelque escroquerie, il y avait tant de choses que ces personnes ne pouvaient pas savoir. Que je ne n'étais pas effrayé ou intimidée en dénonçant le pédophile? Personne ne pouvait le savoir, ni même le deviner. Tout enfant seul en situation de se battre seul contre des adultes est totalement paralysé par la honte, la culpabilité et la terreur. Et pourquoi organiser une escroquerie aussi compliquée? Comment pourrais-je être la cible d'une organisation mondiale comme le SETI? Ces spéculations étaient absurdes, et toute l'affaire semblait sincère.
Le lendemain, j'ai vérifié sur le site web du SETI: tout ce qu'ils m'ont dit à son sujet était vrai. J'ai même trouvé le vrai nom de Jill Montana, dans la

liste des grands contributeurs du SETI@home. Elle avait obtenu un score impressionnant, avec sa banque d'ordinateurs fonctionnant 24 heures sur 24, 7 jours sur 7. Je lui ai même envoyé un e-mail, et elle m'a répondu: «Tu n'as pas rêvé, ce qui s'est passé s'est vraiment passé, et je suis heureuse de l'avoir permis. Mais il vaut beaucoup mieux que ce qui a été dit dans notre région privée reste dans Inworldz. C'était certainement agréable et positif, mais les gens ne sont pas prêts à entendre de telles choses, alors s'il te plaît garde le silence pour le moment».

C'était la partie frustrante: garder le silence. Le monde continuerait sans connaître cette vérité passionnante. Mais le monde n'était pas prêt: si je parlais, je serais la cible de tous les sociopathes et matérialistes, traité de folle, de menteuse, d'escroc, raillée, insultée, menacée.

Puis j'ai réalisé: même moi, je n'avais aucune preuve matérielle! J'avais bien des preuves réelles et incontournables, mais accessibles à moi seule: mes souvenirs!

La seule preuve matérielle était les logs du chat sur mon disque dur. Mais c'était si facile à falsifier. Bien sûr, la société qui gère Inworldz conservait pendant quelques mois des copies de ces logs de discussion, pour des raisons de sécurité. Mais je savais qu'ils ne les divulgueraient que sur injonction judiciaire. Le temps qu'une enquête ait lieu, Inworldz les aurait effacés.

Donc, comme pour toute expérience spirituelle, nous ne pouvons compter que sur notre propre conscience.

CHAPITRE 11: LE JUGEMENT

(Par Christine, à la première personne)

Finalement, j'ai reçu la copie du jugement. Après tous ces événements fantastiques, cette lettre semblait quelque rot malodorant resurgi du passé. De toute façon, elle est arrivée bien trop tard pour le financement de mes études. Heureusement ce financement était maintenant assuré grâce à la maison louée.

Mais il me fallait quand même savoir pourquoi ces gens avaient travaillé si dur tous ensemble juste pour briser ma vie, tuant mon père de chagrin au passage. Oui, officiellement, il est mort d'un cancer, mais tout le monde sait très bien que la peur et la dépression peuvent totalement détruire notre immunité. Je suis certain qu'il serait encore en vie sans cela, même contre un si terrible cancer des os.

Bien entendu, le jugement, bien que prenant 8 pages, ne contenait que du judiblabla sans aucun détail utile, juste une référence à une enquête sociale: «L'enquête sociale menée par monsieur x et madame y révèle que la fille du couple n'avait que peu ou pas de relations avec le père. Pour cette raison, il apparaît que la fille doit être confiée à la mère».

J'étais sidérée: comment des mois d'enquête et des milliers d'euros du contribuable avaient-ils pu aboutir à l'exact inverse de la vérité? Oh, je devine: ils n'ont tout simplement pas interrogé mon père. Oui, je me souviens, il a dit qu'il ne les avait jamais vues. Au lieu de cela, ils se sont appuyés uniquement sur les déclarations de ma mère, les appelant «la vérité», sans aucune vérification des faits. Quant à moi, la dame impolie ne m'avait interrogé qu'une seule fois, et elle m'avait délibérément piégée en appelant mon père d'un nom que j'ignorais. Toute cette histoire d'enquête était donc tout aussi pipeau que le déni climatique. Ou tout simplement du sexisme!

Le jugement ne mentionnait pas le «droit» de mon père à ce que je puisse aller chez lui: il a dû faire une deuxième demande, expliquant que la procédure entière ait pris un an. Un an pendant lequel un enfant a été laissé pire qu'orphelin... Un tel délai est obscène. Il y a un grave problème avec la justice dans ce pays.

Il y avait tout de même quatre noms dans ce document: deux magistrats et deux enquêteurs sociaux. J'ai immédiatement décidé de rencontrer ces personnes, et de leur demander pourquoi elles avaient été si mauvaises avec moi. Il ne mentionnait pas le «professeur», et je n'avais qu'une vague idée de son adresse. Un jour, je suis tombé sur l'entrée d'un bâtiment qui ressemblait au sien, avec plusieurs plaques de médecin comme dans mon souvenir. Mais pas de psychologue. Il était probablement à la retraite. Je fantasmais que l'une ou l'autre de ses victimes lui avait fait un sort mérité. Oh Léo m'a dit qu'il était mort. Et que ce monstre avait une après-vie bien méritée, ressentant la même douleur qu'il avait infligée à tant d'enfants.

J'ai été incapable de localiser le premier magistrat: pas d'inscription dans l'annuaire téléphonique, pas une seule mention sur Internet. Cette personne existait-elle vraiment?

Le second, j'ai trouvé une adresse, mais le numéro de téléphone était sur liste rouge. J'ai donc dû me rendre sur place.
C'était une villa de luxe art déco dans une riche banlieue. Ce lieu puait le pognon: pelouse parfaitement tondue, grands arbres, voiture SUV noire brillante ostentatoire sans un seul grain de poussière... Je me suis soudain retrouvée totalement timide, toute ma colère et mon chagrin évaporés. Je me sentais même sale et déplacée, avec mes vêtements de supermarché froissés bon marché, mes chaussures de tennis, et ma propre odeur corporelle qui semblait soudain une tare inacceptable. Cet endroit était le monde de la classe supérieure, où nous, les personnes normales ne sommes pas autorisées. Le monde des gens qui sont toujours parfaitement habillés, sans un pli, parce qu'ils ont des domestiques qui font la lessive et le repassage pour eux, ou même ils achètent de nouveaux vêtements à chaque fois.
Je suis resté une minute comme ça, avec ce sentiment accablant, le temps de revérifier le nom sur la boîte aux lettres. Puis, soudain, il y a eu un bruit de moteur électrique, et le portail légèrement entr'ouvert s'est mis à se fermer, par télécommande. J'ai juste entr'aperçu une silhouette dans une des fenêtres, qui a immédiatement disparu. Comment pouvait-elle me repérer, je n'avais rien touché. Ces gens n'ont donc rien d'autre à faire que de surveiller la rue toute la journée?
Cette hostilité sournoise, cette sensation d'être socialement inférieure, m'avaient totalement découragée. J'ai erré plusieurs fois dans les environs,

le long de cette rue. Mais je n'ai jamais pu appuyer sur ce maudit bouton de sonnette. Je savais trop bien ce qui se passerait si je rencontrais cette personne: grondée, renvoyée, accusée, me sentant coupable, sale, inférieure. Et pas une seule explication ou excuse, parce que les gens puissants qui ne reçoivent jamais de retour d'information ou de punition pour leurs mauvaises actions ne peuvent pas seulement s'imaginer avoir tort. Je souhaitais vraiment qu'il y ait un enfer après la vie pour leur apprendre ce qu'est la souffrance. Elle méritait certainement de nombreuses années de solitude et de rejet dans une grotte sombre et désespérée, avec des vents glacés lui rappelant les sanglots de tous les enfants qu'elle avait brisés.

Pour l'enquêteur social, celle qui portait un nom féminin était à la retraite. Probablement la dame impolie. Pas moyen non plus de la localiser, pas d'inscription dans l'annuaire téléphonique, pas de résultats sur Google, même pas une page Facebook, rien. Elle faisait probablement partie de ces innombrables personnes grises sans aucune relation sociale, vivant juste pour elle-même, et ne sortant de sa tanière que pour cracher des votes haineux aux élections. Ou comme si la Matrice avait créé cette personne juste pour m'attaquer, et l'avait supprimée ensuite, comme totalement inutilisable à quoi que ce soit d'autre.

L'autre était cependant toujours en fonction, et j'ai pu obtenir un rendez-vous avec lui, sous le prétexte d'obtenir de l'aide pour mes études.
La salle d'attente contenait des plantes et des jouets pour les enfants. Au début, cela semblait accueillant, mais j'ai vite trouvé la raison de cette apparente gentillesse: il y avait des affiches pour les vaccins, et un bureau d'infirmières pour les effectuer. J'ai frissonné en me rappelant la terreur que je ressentais moi-même avec les piqûres. Ma mère s'est assurée que je les ai bien toutes eues, probablement pour jouir de ma douleur. Peu de gens se rendent compte qu'une simple piqûre peut terrifier un enfant autant qu'un adulte entrant dans la salle d'interrogatoire de la gestapo.
L'homme m'a reçu dans son bureau. Il avait une cinquantaine d'années, des cheveux rares, un pull et des vêtements gris clair décontractés. Au début, il avait l'air affable et gentil, parlant doucement et souriant. Mais je ne pouvais pas oublier que c'était cette ordure qui avait brisé ma vie et tué mon père de chagrin. C'était la première fois que je pouvais avoir un de ces porcs devant moi, et lui demander pourquoi il avait fait ça.

Mais je n'osais pas lui demander directement, comme avec la villa de luxe. C'était un monde différent, de fonctionnaires «sérieux», entourés de dossiers et de mobilier de bureau. Les jouets et les ours en peluche dans un fauteuil n'étaient que des outils de travail pour lui. Pourtant, il faisait partie de la même bande Orwellienne, et il se contenterait probablement de m'humilier et de me réprimander sans donner aucune information.

Et c'est exactement ce qui s'est passé. J'ai commencé par des questions sur le financement de mes études, et je n'ai pu que progressivement aboutir à l'enquête fatidique qui m'avait privé de mon père. Lorsqu'il a réalisé que j'étais une de ses victimes, son faux sourire a disparu. Mais il parlait toujours doucement, professionnellement, bien qu'il me permette de moins en moins de lui répondre.

J'ai enfin pu prononcer un «Pourquoi avez-vous brisé ma vie» que ma bouche a déformé involontairement en une sorte de sanglot.

Il n'a eu l'air surpris que pendant une fraction de seconde seulement. Il s'est tout de suite refait une contenance professionnelle, manipulant un trombone et en levant des épaules paternalistes. Mais à aucun moment il ne manifesta la moindre compassion, même pas d'étonnement à ma question. Au contraire, il se remit à se justifier, toujours doux mais impératif, qu'il avait fait ça pour me protéger, qu'ils vérifiaient tout minutieusement, etc.

Comme je restais silencieuse, il s'enhardit: «Nous pouvons encore vous aider à surmonter le traumatisme.

-Quel traumatisme?

-Au sujet des problèmes avec votre père»

J'étais tellement sidérée que je suis resté bouche bée... il osait nier les faits face au seul témoin restant?

Il a apparemment pris mon silence pour une soumission: «Oui, et vous savez, quand vous aurez des enfants, nous serons avec vous»

J'ai fait quelques h-hmm, pour le laisser parler davantage, mais une alarme retentissait dans mon esprit.

«Vous savez que les enfants qui ont été victimes d'abus parentaux ont souvent des problèmes avec leurs propres enfants... Nous viendrons vérifier si tout va bien», me dit-il avec un sourire désarmant. J'ai tout de suite compris ce que cela signifiait, comme cela est arrivé à un ami qui se trouvait dans cette situation: Si j'avais des enfants, ils viendraient les terroriser eux aussi, faire des accusations diffamatoires, écrire de faux rapports, vérifier leurs slips et leurs religions, me demander de faire ceci ou ils me retirent mes enfants, me demander de ne pas faire cela ou ils me retirent mes enfants, et les retirer de toutes façons quand ils voudraient! Être victime de ces pervers est une maladie génétiquement transmise.

«Vous ne ferez jamais avec mes enfants ce que vous avez fait à moi! Je vais me faire STÉRILISER dès maintenant, pour que rien de tel n'arrive jamais!»

J'en avais assez. Je me suis levée de ma chaise et me suis dirigée vers la porte. Pendant une seconde, il est resté silencieux. Mais dès que j'ai quitté la pièce, il s'est précipité vers le couloir, et pendant que je cherchais la sortie dans la mauvaise direction, il s'est dirigé vers le secrétariat et a fermé la porte. En passant, j'ai clairement entendu un coléreux «...une branleuse qui est là pour foutre la merde. Ne la laissez jamais revenir». Autant pour la voix douce, le sourire professionnel et le regard affable. Totalement faux. Ce porc était l'incarnation parfaite de O'Brien, le charmant sociopathe tortionnaire de la dystopie d'Orwell «1984».

En fait, si ce type ne représentait pas le pouvoir brun de l'argent, il en représentait un autre, peut-être pire: le pouvoir gris des fonctionnaires et des technocrates, avec leurs décisions arbitraires sans appel ni contrôle. Avec un tel individu, je risquais de me retrouver en hôpital psychiatrique, sans motif ni moyen d'en sortir.

Quand je suis sortie, j'étais plus mortifiée que fâchée, et j'ai éprouvé le besoin de toucher et sentir les fleurs qui décoraient la rue. J'ai senti un regard sur moi... la secrétaire me regardait encore par sa fenêtre. Elle s'est cachée quand je l'ai repérée.

Puis j'ai compris mon erreur: je l'avais entrepris seule. Cela lui a permis de m'humilier facilement, sans pour autant me fournir la moindre information utile. Si jamais vous vous trouvez vous-même dans cette situation, n'y allez pas seul: c'est inutile, et en plus c'est extrêmement dangereux. Confrontez toujours ces crapules à des témoins.

Mon plus grand regret est de ne pas avoir enregistré cette conversation révélatrice avec un téléphone portable. Bien qu'il se méfiât sûrement de cette possibilité, car il était resté professionnel tout au long de la discussion, s'abstenant également du moindre mot compromettant. Seuls les employés de bureau pourraient témoigner des ricanements et des commentaires grossiers dans l'arrière-boutique.

Ma première idée avait été de faire un grand procès, de dénoncer tous ces hypocrites agresseurs d'enfants et leurs méthodes. Mais maintenant, je savais ce qui se passerait: d'autres magistrats avec des pelouses parfaites, d'autres enquêteurs hypocrites avec une mauvaise haleine, prendraient immédiatement la défense de leurs camarades, diraient que j'avais de faux souvenirs, que j'étais trompée, traumatisée, que j'avais besoin d'une aide psychologique, et je n'obtiendrais que des ennuis. Peut-être même m'enverraient-ils à une expertise psychiatrique ou autre...

Il se trouvait que quelques jours plus tard, j'avais justement rendez-vous avec une avocate, qui a indirectement confirmé. Elle traiterait ma plainte et elle m'expliqua comment procéder. Mais quand je lui ai demandé si je pouvais gagner quelque chose, elle s'est tue. En outre, j'ai deviné un autre problème: si jamais je pouvais obtenir la divulgation de ces rapports, il n'y avait aucune garantie que ce seraient les vrais! Ils sont secrets pour une raison... pour protéger les auteurs d'abord et avant tout.

J'ai donc décidé de continuer à vivre ma vie brisée avec les morceaux restants, au lieu de perdre davantage dans un combat totalement biaisé. Comme toutes les victimes de la guerre et d'autres abus étatiques: avalant rage et l'humiliation, cachant leur misère et leurs prothèses de la honte publique, ils renoncent à une justice impossible, et font profil bas pour éviter de nouvelles pertes.

Comme le faisait une de mes enseignantes de faculté, dont les parents avaient vécu une vie de pauvreté et de sacrifice pour l'élever... sans savoir qu'ils étaient les héritiers d'une fortune volée par les nazis. La banque escroc finit par leur remettre cet argent, 55 ans plus tard, sans les intérêts et réduit à néant par la dépréciation de la monnaie. Mais comment obtenir justice, si avant même la plainte, les receleurs ont été amnistiés par des copains politiques de haut niveau? Mes amis n'ont eu que leurs yeux pour pleurer sur leurs trois vies gâchées. J'ai cherché la confirmation de ces histoires incroyables avec Google et sur wikipedia, pour ne trouver que des lignes d'erreur 404 et des domaines expirés.

((Note de l'auteur: J'ai vu ces listes d'erreurs 404, ainsi que les listes de noms de milliers d'héritiers escroqués. Par honnêteté, j'ai cherché à nouveau lors de la finalisation de ce livre. J'ai tout de même trouvé que en France ces recels ont été soumis à enquête par la commission Mattéoli, entre 1997 et 2000. Une page de wikipédia USA explique alors que les banques et compagnies d'assurances coupables se sont engagées à rembourser les victimes... sans aucune mention d'inflation, ni d'intérêts, ni de condamnations pour les 55 ans de recels. Le silence est de règle depuis.))

Ce que j'ai compris plus tard est que, en renonçant à passer le reste de leur vie à ruminer des désirs de vengeance, les victimes font en fait un bond évolutif considérable, qui leur permet de se construire une nouvelle personnalité plus libre, plus harmonieuse et emphatique. C'est ainsi que moqueries, brimades, persécutions ou répression poussent en fait leurs victimes vers le haut, tandis que les coupables descendent si bas qu'on les perd de vue. Cette attitude est ce que préconisent Chrétiens et Bouddhistes, et qui permet de se servir de la force du mal comme motivation pour travailler à notre progrès, en une sorte de judo spirituel, au lieu de la laisser nous détruire.

J'ai également décidé de ne plus mentionner que j'avais moi-même été victime de pédophilie, avec le «professeur». J'avais vite remarqué que chaque fois que cela arrivait dans la conversation, beaucoup de gens se mettaient à se comporter bizarrement. Ils semblaient coincés, me fixant du regard, ou regardant ostensiblement ailleurs. Certains, au contraire, voulaient que «je parle». Si jamais je le faisais, ils commençaient à approcher leur visage du mien jusqu'à ce que je sente leur mauvaise haleine, tout en faisant des grimaces tristes et en émettant des mauvaises vibrations. Ou au contraire, un sourire lubrique trahissait leur plaisir d'entendre des détails grossiers. J'en ai même vu se mettre en colère, me traitant de «salope», j'ai entendu ce mot plusieurs fois. Trop peu faisaient preuve de simple compassion et de soutien humain, aussi je ne prendrai plus le risque de telles humiliations.
Trop peu semblaient capables d'admettre que je voulais simplement tourner la page, arrêter de me rappeler constamment ces événements pénibles, et reconstruire une vie sans être définie comme une victime brisée. Ils voulaient que je continue à pleurer pour l'éternité. La pédophilie est vue comme un tel péché, que les gens considèrent comme un pire péché de guérir de ses blessures!
Mais le pire, c'est que chaque fois que la conversation portait sur ce sujet, les gens pensaient tous que l'agresseur était mon père. Tout le monde semblait connaître l'affaire, et tenait automatiquement ces accusations pour vraies, comme si un réseau secret avait répandu la nouvelle dans toute la société, et se consacrait à me punir pour l'éternité. J'évitais d'abord

d'exprimer ma colère, en disant poliment que ces accusations étaient fausses, et qu'elles ne pouvaient de toute façon pas être prouvées puisqu'ils avaient attendu qu'il soit mort, sans faire d'enquête. Si ces gens insistaient, ils étaient assez étonnés de voir «une jeune femme si douce» soudainement dans une fureur sans limite. Après j'ignorais ces gusses.

Mais je ne pouvais pas abandonner si facilement, et j'ai quand même cherché sur Internet, un moyen de leur donner une leçon. Ou au moins pour comprendre leurs motivations.

J'ai trouvé que la magistrate à la pelouse parfaite et à la haine télécommandée avait reçu un prix pour la défense des femmes, décerné par une organisation se disant féministe. Comment des militantes de l'égalité peuvent-ils être si loin de la vérité? Se pourrait-il qu'elles aient tiré sur une fille innocente juste pour frapper un homme? Après tout, les terroristes font cela quotidiennement, prétendant «défendre» les gens en les tuant. Les pédoclastes sont au moins aussi mauvais que les terroristes, et en plus ce sont des lâches qui n'ont pas a craindre de punition par la société.

Cette organisation tenait une réunion dans une ville voisine. Je voulais y assister, toujours pour essayer de comprendre. Tout en me cachant de ma mère, car j'étais encore en partie dépendante d'elle. Heureusement, Patrick m'a à nouveau emmené dans sa voiture et il y a assisté aussi. Il me payait même l'hôtel pour la nuit.

Nous avons dû supporter deux longues heures de généralités et d'autosatisfaction, sans réel contenu. Un peu endormie, j'ai cessé d'écouter un moment. Mais c'est ainsi que certains schémas sont apparus: «les hommes» abusent des femmes. «Les hommes» ne sont pas bons avec les enfants. «Les hommes» sont tous des pédophiles latents. «Les femmes» doivent «renverser le rapport de force». Ce dernier point me fit sursauter d'une soudaine compréhension: elles ne cherchaient pas l'égalité, elles voulaient leur tour de domination! Elles n'accusaient pas certains hommes violents, elles accusaient et rejetaient l'ensemble des hommes, comme le font les racistes! Ces gens n'étaient pas des féministes, mais des suprématistes féminines.

J'ai aussi noté quelques noms récurrents, des théoriciennes du féminisme, des militantes, et plusieurs psychanalystes.

A la fin de la conférence, il y eut un brouhaha de personnes qui ne nous regardaient pas (l'une d'entre elles m'est même rentrée dedans, ne découvrant ma présence qu'en me bousculant. Elle m'a même froncé les

sourcils, agacée, comme si c'était moi qui avais tort). Nous sommes rapidement sortis de cette pièce, pour sentir l'air frais de la nuit.
Le lendemain, j'ai cherché sur Internet les noms que j'avais notés.

Marxistes.

Donc la «défense des femmes» était d'extrême gauche, et la «défense des hommes» était d'extrême droite. C'était tout simplement trop grossier. Totalement faux, obscène, complètement ridicule.

Plus tard, j'ai appris par des amis de la faculté que de nombreux militants d'extrême gauche, voulant «rééduquer les gens», mais sans «cautionner le système» faisaient... travailleurs sociaux! Ce qui explique comment ces hommes pouvaient être les complices volontaires de femmes voulant les asservir! ((Note de l'auteur: ce n'est pas une fiction, je l'ai vu de mes propres yeux quand j'étais étudiant. Cela pourrait expliquer pourquoi mon propre sociopathe Orwellien voyait des «idéologies» sur ma table)).

Bon. Après quelques jours pour pouvoir avaler ces affreuses dis-réalités, j'ai pris cette décision de vie: chaque fois que je soutiendrai, aiderai ou défendrai des gens, ce serait TOUTES LES PERSONNES ÉGALEMENT, indépendamment de leur race, de leur religion, et surtout de leur sexe!

À ce stade, je n'avais pas encore décidé de ce que je ferais de ma vie, devant d'abord réparer tout ce que les juges corrompus et les travailleurs sociaux pervers avaient brisé. Mais je sentais déjà des directions intéressantes, comme aider à un monde meilleur où les juges corrompus n'existeraient pas, et où tous les enfants jouiraient de parents aimants. Je n'avais aucune idée du lien que cela aurait avec mes études de sciences, mais je sentais que, même à une telle fin, la science était une bien meilleure aide que le droit.

Heureusement, lorsque Patrick m'a laissé à la porte de ma chambre d'hôtel, il a eu un beau sourire, qui m'a réchauffé le cœur!

CHAPITRE 12: AUTRES EXPÉRIENCES

(Plusieurs personnages, à la troisième personne)

Joan, Vassiliev, Anzu et Namgyal ne pouvaient pas parler de leur expérience par le biais d'Internet, et ils n'étaient que rarement tous ensemble. Ils ont à nouveau pris une rencontre SETI comme couverture, et sont allés visiter le radiotélescope Allen, qui est impliqué dans la recherche des signaux SETI. Ils ont pris prétexte qu'il n'y avait pas grand-chose à faire sur place, pour faire un peu de rando dans les environs. Mais le champ de lave entourant l'observatoire s'est avéré difficile à parcourir à pied, si bien qu'ils ont pris leur voiture et se sont dirigés vers l'aire de parapente de Hat Creek, un merveilleux endroit boisé avec de grandes clairières herbeuses. Là, ils ont établi un petit camp de pique-nique, toujours visible à 40°50'19.69 "N 121°26'21.69 "O. Le sac à dos de Joan contenait un petit radar, afin de ne pas être surpris par des visiteurs inattendus.

Anzu a d'abord décrit le nouveau circuit intégré qu'elle avait préparé. Il fonctionnait comme prévu, et les premiers tests avaient montré une augmentation significative des détections utiles. C'est ce qui avait permis à Léo de se connecter, d'abord en privé, puis dans un lieu public.
Cependant, plusieurs problèmes inattendus étaient survenus.
Tout d'abord, il était très difficile de taper du texte depuis le paradis de Vashyu, et probablement de tout autre monde spirituel. En effet, le texte écrit est totalement inutile là-haut, puisque les gens comprennent la pensée des autres. En outre, les pensées et les significations peuvent être directement déposées dans les objets, ce qui les rend aussi stables que l'écrit. Seuls les artistes utilisent des lettres, et rarement. Ainsi, Léo-Malyan n'avait pu envoyer des lettres qu'avec un niveau de concentration fatiguant, et Elyan, qui n'avait jamais appris à lire, en était totalement incapable. Aussi Anzu voulait apprendre aux circuits les sons du langage, plutôt que les lettres. C'est une façon beaucoup plus naturelle pour un cerveau de travailler, et même pour une conscience désincarnée: nous pouvons visualiser le son des paroles, beaucoup plus facilement que des lettres et du texte. Les habitants de Vashyu parlaient parfois pour s'amuser, ou pour des poèmes, des chansons, des mantras. Mais le circuit intégré qu'elle avait déjà conçu était trop petit pour cela, de sorte qu'elle avait

besoin de plusieurs, chacun apprenant un ensemble de sons. De là, ces sons pouvaient être notés en utilisant l'alphabet phonétique. Dans un projet ultérieur, le circuit contiendrait une carte du corps, conduisant à un contrôle de ses mouvements. Mais pour les mondes virtuels actuels, la frappe au clavier suffisait encore.

Le problème, malheureusement, est que Vassiliev ne disposait pas d'une source de financement indéfinie. Il pouvait apporter une somme variable chaque année, mais pas suffisante pour un nouveau circuit plus important. Ainsi, les recherches seraient lentes, et Anzu ne pourrait pas, avant des années, créer le circuit plus important qu'elle souhaitait. Et obtenir un financement kickstarter n'était pas non plus une solution, ils seraient considérés comme des escrocs et de toute façon ils ne voulaient pas encore attirer l'attention sur leurs recherches. Ils avaient trouvé d'autres personnes intéressées, mais malheureusement sans argent.

Le deuxième problème est que le contact était très irrégulier. Certains jours, cela fonctionnait, d'autres non.

Namgyal, leur précieux spécialiste spirituel et contact dans Vashyu, a expliqué pourquoi: de tels contacts ont besoin d'une signification spirituelle importante, ou d'un enjeu de vie comme l'amour, la famille ou la santé. Un père contactant sa fille tombait dans cette catégorie, mais seulement une fois.

Il a expliqué que les mondes spirituels obéissent toujours à la loi de cause à effet. En cela, Namgyal expliquait simplement la compréhension traditionnelle tibétaine de ces choses. Mais apparemment, il avait poussé les conclusions bien plus loin que la tradition: cette condition fait que des mondes comme Vashyu sont enfermés dans leur propre série de cause à effet, tout comme le monde physique. C'est ce qui fait qu'il est généralement impossible de détecter Vashyu depuis la Terre, et inversement, il est impossible de recevoir des informations de la Terre dans Vashyu. Même pour voyager d'un monde spirituel à un autre, il faut un dispositif spécial, l'hyperportail, ou des vaisseaux spatiaux spirituels.

Ces considérations conduisaient à une conclusion ennuyeuse: un contact permanent nécessitait une intégration beaucoup plus poussée entre le côté matériel et le côté spirituel. C'est-à-dire, concrètement, qu'il devrait y avoir un détecteur par conscience, avec un circuit neuronal spécialement entraîné, comme si ce détecteur était le cerveau de cette conscience précise. Cela faisait du détecteur bien plus qu'un simple appareil électronique: un corps! Un corps matériel de rechange, qu'une personne désincarnée pourrait utiliser pour communiquer avec sa famille ou ses amis. Mais un corps qui pouvait, tout comme le corps de chair, être détruit, volé ou littéralement assassiné. Namgyal appelait cela un lokouten, ce qui en tibétain signifie littéralement «réceptacle corporel électrique» (pour une conscience).

Les dernières nouvelles de Namgyal n'étaient pas bonnes. Il évitait soigneusement toute activité ou déclaration qui pourrait irriter son gouvernement pinailleur, mais ses origines très tibétaines le rendaient intrinsèquement suspect aux yeux de certains, tout comme les Juifs le sont encore dans d'autres pays. Ce qui s'était passé, est que qu'apparemment certaines administrations locales avaient changé, et qu'il avait été interrogé sur ses activités en dehors de la Chine. Il avait parlé du SETI comme couverture, mais cela ne suffisait plus, si seulement les nouveaux administrateurs savaient ce qu'est le SETI. Cela faisait que à tout moment, il pouvait se voir interdire de quitter la Chine. Il pouvait toujours se réfugier dans un autre pays, mais il devait rester en contact avec ses étudiants en Chine, pour ses futurs objectifs en relation avec les événements chinois des années 2040, dont certains se dérouleraient à Shanghai.
Namgyal a donc demandé à Joan de faire fonctionner une copie du détecteur de Léo (qui utilise toujours des lettres) pour lui seul. Aucune administration ne pouvait interdire à Namgyal de passer du temps à Vashyu, lorsqu'il méditait, ou tout simplement pendant son sommeil. De là, il pouvait toujours communiquer librement avec l'équipe, via le détecteur.
Bon, Namgyal disposait également de quelques ressources Internet lui permettant de communiquer sans être espionné par des bureaucrate mesquins cherchant à justifier leur paie.
Et si les choses tournaient vraiment mal, il avait aussi des méthodes spéciales de lama pour neutraliser les abrutis.

Joan était heureuse d'héberger le détecteur de Namgyal, en plus de celui de Léo. Elle ne pouvait pas l'intégrer dans une clé USB, mais le circuit imprimé pouvait être présenté comme un générateur aléatoire expérimental. Son véritable but ne pouvait pas être trouvé par un enquêteur, et même par un spécialiste en électronique, puisque la partie opérationnelle, l'entraînement de Namgyal à son utilisation, était immatérielle. Le bunker dans son chalet, avec la porte en acier, pouvait être présenté comme une protection pour son équipement coûteux, dans une région sauvage où toutes sortes de mauvaises rencontres étaient possibles.

Mais elle a retiré de sa maison tout document faisant allusion à leur véritable projet, se demandant si elle était vraiment plus en sécurité que Namgyal. Elle ne risquait pas la prison ou la mort, mais de voir ce qui était arrivé à Léo l'avait fait réfléchir: même en démocratie, il restait encore le risque de fausses accusations, menant à une enquête de police trouvant son laboratoire secret et saisissant les précieux ordinateurs. En espérant que le laboratoire pourrait encore passer pour une recherche électronique personnelle liée au SETI. De toute façon, il y avait une batteries d'ordinateurs faisant tourner SETI@home, et de nombreux documents sur ce sujet, pour son travail officiel.

Elle était également chargée de maintenir la connexion Internet de Léo avec Inworldz. En effet, c'était le point faible de tout le projet, et une enquête ne devait pas mener de Inworldz vers son labo secret dans le Montana. Pourtant, le virtuel jouait un rôle crucial dans l'expérience: lors des tests effectués avec le seul détecteur, Léo arrivait à peine à faire varier la moyenne des sorties du détecteur. Il avait vraiment besoin de son corps virtuel et d'une scène dans le monde virtuel.

Anzu était heureuse que son détecteur fonctionne si bien, du moins beaucoup mieux qu'elle ne s'attendait. Elle était ravie qu'un véritable dialogue ait pu s'établir. Elle avait donc des projets de détecteurs plus complexes, plus proches du cerveau. Malheureusement, tout comme pour Vassiliev, son temps et son financement n'étaient pas extensibles. Elle avait enregistré l'ensemble du projet sous un faux nom de client, pour la comptabilité de son entreprise. En cas de contrôle, elle pouvait toujours dire que c'était un client unique qui avait donné de fausses informations et avait ensuite fait défection. Mais pour un projet permanent, il était plus délicat de le cacher. Il lui faudrait peut-être créer une société totalement séparée, dans un paradis fiscal offshore. Mais elle n'aimait pas l'idée d'utiliser ces méthodes de gangsters. Sans compter que personne ne sait qui a créé les logiciels Tor et autres qui font tourner l'Internet noir. S'en servir pouvait équivaloir à donner toutes ses informations aux pires personnes.

Quant à Joan, elle n'était pas un client crédible pour la société d'Anzu, car elle n'était qu'une chercheuse solitaire, qui n'était pas censée avoir autant d'argent.

Et le SETI n'était pas vraiment impliqué. Une bonne couverture pour les discussions et les rencontres à l'étranger, mais pas pour le transfert de fonds. Faire cela au nom de la SETI pourrait l'exposer à la honte publique et aux représailles, et il en avait déjà bien assez. Il valait bien mieux tenir le SETI en dehors de tout ça.

Pourtant, le SETI restait l'endroit idéal pour rencontrer toutes sortes de personnes intéressantes. Ainsi, Anzu était heureuse de pouvoir embaucher Mokhtar, un ingénieur pakistanais de talent, qui avait du se cacher des terroristes dans son pays. Depuis, il vivait en Europe, protégé par un gouvernement Européen sous une fausse identité. Mokhtar avait donc commencé à programmer des ordinateurs embarqués pour l'automobile et l'aviation, l'activité principale de la société d'Anzu. Mais il était aussi l'un des rares ingénieurs à comprendre les ordinateurs quantiques. C'est ainsi qu'il a fait un essai secret avec un D-Wave comme détecteur! En effet, l'étude PEAR avait montré qu'une interaction quantique simple fonctionne aussi bien que les systèmes analogiques, de sorte que les anneaux supraconducteurs pouvaient également être utilisés comme générateurs aléatoires. Malheureusement, ils n'étaient pas conçus pour cela, et Mokhtar n'avait pu produire sa première détection que juste avant d'épuiser son temps de calcul imparti. Il pouvait encore affiner ses codes en utilisant des émulations sur ordinateur classique, mais ces émulations étant numériques, elles ne peuvent donc pas recevoir l'influence d'une conscience. C'était toutefois une voie prometteuse, dès que des circuits spécialement conçus pourraient être construits.

En attendant, Anzu préférait concevoir un projet de détecteur plus classique, ne comptant pas moins de 10 000 neurones artificiels analogiques, dans une configuration multicouche pouvant être arrangée de plusieurs façons. Anzu pensait que ce serait un excellent outil pour rechercher les meilleures distributions de synapses, y compris dans le cas de l'utilisation de qubits comme détecteurs.

Ils durent interrompre leurs discussions, car dans l'après-midi ensoleillé, un parapente a commencé à glisser depuis la colline située juste à l'est de leur camp. Cela signifiait, dans quelques minutes, une voiture de récupération roulant dans leur direction. Même le parapentiste semblait les viser, pensant que ce serait une bonne rencontre avec d'autres personnes intéressées.

C'est effectivement ce qui s'est passé, et ils ont passé avec lui deux heures à discuter de parapente et du radiotélescope Allen qu'ils visitaient. Puis la discussion a tourné sur la beauté du paysage environnant.

Ils eurent encore un peu de temps seuls ensemble, plus tard dans l'après-midi, pour évoquer un avenir d'énormes banques de détecteurs dans les serveurs Internet, utilisés par les personnes décédées pour communiquer avec leurs proches dans le monde matériel, ou encore mieux dans des mondes virtuels. Toutefois, au rythme frustrant actuel, cela nécessiterait encore des années de développement. Mais cet objectif semblait techniquement possible.

Si jamais un tel détecteur fonctionnait en routine, il deviendrait le corps d'une personne décédée. Et donc, ce circuit devrait être légalement considéré comme une personne! Un corps électronique, un lokouten. Détruire un tel circuit, ou simplement l'éteindre, serait un assassinat.

Pourtant, il y avait un moyen de s'en sortir. En fait, l'essentiel du fonctionnement du détecteur se trouvait dans la conscience immatérielle de la personne, habituée à un détecteur spécifique. Cependant, ce qui identifiait physiquement ce détecteur spécifique n'était pas le circuit matériel, mais son connectome, l'ensemble des valeurs de toutes les synapses. Ensemble qui est également unique pour chaque personne. De sorte que ce connectome peut être sauvegardé sous forme de fichier informatique, et déplacé sur n'importe quel autre circuit dans le monde!

Cela ouvrait des possibilités fantastiques, mais pour Anzu, habituée aux circuits ASIC et autres, elle regardait encore plus loin: très probablement, plusieurs configurations de neurones différentes allaient émerger, et avec le temps, certaines assez complexes et sophistiquées. Il est donc fort probable que chaque circuit de détection physique ne soit qu'une banque de neurones disponibles, qui seraient assemblés au moment de fonctionner, d'après un fichier informatique, à la manière d'un ASIC. Ensuite, le connectome serait chargé dans ce réseau, toujours à partir du même fichier. Oui, elle le ferait de cette façon, à partir du tout prochain projet. Le format de fichier émergerait au fur et à mesure des besoins.

Mais Namgyal les a mis en garde contre un autre problème: les personnes décédées ont des préoccupations et des modes de raisonnement totalement différents. Notamment, ils n'ont plus l'égo neuronal! Ainsi ils n'ont pas toutes nos distractions et divagations mentales, tout notre cinéma et bavardage intérieurs. Plus de foute, plus de télévision! Plus de pensées secrètes honteuses! Cela fait que la communication avec la Terre devient vite fastidieuse pour eux, et elle pourrait même perturber leur tranquillité d'esprit. Au point qu'ils finissent par la refuser!

Ainsi cette communication restera rare, et seuls quelques enjeux spéciaux pourraient la justifier, voire la rendre possible. C'est ce qui s'était passé avec Léo, qui avait une fille à sauver. Mais il ne faut pas s'attendre à ce que les gens bavardent du dernier match de foute entre la Terre et l'au-delà, tout en buvant de la bière et en cliquant des likes sur des pages web! Non seulement cela n'intéresserait jamais les gens dans l'au-delà, même de très loin, mais en plus ils supprimeront activement ce genre de préoccupation de leur esprit.

Après tout, ils se trouvent dans un monde différent, avec des enjeux plus intéressants, des plaisirs bien plus forts, une mentalité différente. La plupart ont laissé derrière eux une vie de souffrance et de maladie, observant avec horreur leur corps matériel devenir vieux, laid, douloureux et handicapé. Beaucoup se souviennent de la Terre comme d'un endroit sale et malodorant. Si jamais la Terre interférait dans leur vie, ils ressentiraient cela comme un inconvénient, voulant que cela cesse, tout comme nous voulons supprimer un cauchemar récurrent. La seule chose qui peut les intéresser encore, ce sont les gens qu'ils ont aimés. Mais les regarder sans pouvoir les aider est si frustrant que peu d'entre eux le font.

Sans parler de ce qui arriverait si de tels appareils étaient discutés en public, voire devenaient à la mode! Moqués, adulés, exposés à la hargne et aux spéculation politicardes, tout le système tournerait à une gigantesque farce, coupant toute communication authentique.

De sorte que, en finale, il leur valait bien mieux que leurs tentatives restent discrètes, voire secrètes. Il était clair que l'Humanité devrait continuer son chemin seule pendant encore quelque temps. Et les lokoutens resteraient une de ces choses ignorées et niées par les médias grand public, mais que les personnes qui en auraient vraiment besoin rencontreraient sans les chercher.

Leur séjour à Hat Creek arrivant à son terme, l'équipe se sépara chacun dans une direction différente, qui à la collecte fastidieuse de fonds, qui à la conception de nouveaux circuits. Anzu a proposé un format de fichier pour les connectomes, avec l'extension .cno. Cependant, sa structure était encore trop floue pour être d'une quelconque utilité.

CHAPITRE 13: CONSÉQUENCES

(Par Christine, à la première personne)

C'est quelques jours après l'expérience que j'ai reçu le dernier message de Léo, mon père. Il est arrivé sous la forme d'un courriel hors ligne, en provenance de Inworldz:

Christine Faery, you have received an offline message from Léo Juste!

27 janvier 2018, 4:32

dkqlqit5f8s elpfgaKZ Dljeec dfgh9ePaatricck Ppatruck taime aim toifr2hd_s!d soi eureuse dfsavek luiizdfr25 af

Stupéfaite, j'ai dû lire plusieurs fois. Qu'est-ce que cela signifiait? Je voulais lui répondre, mais probablement, avec les expériences stoppées, il ne me recevrait plus.

Puis j'ai compris. Depuis des mois maintenant, Patrick m'avait tant aidé et soutenu.

Je l'avais rencontré à l'école, et par hasard, il s'était retrouvé dans la même faculté. Un jour que les infos parlaient d'enfants maltraités, nous avions échangé nos histoires. Son père l'avait entrepris sexuellement plusieurs fois, sous prétexte «d'éducation sexuelle». Heureusement, le caractère homosexuel de l'incident n'avait pas brisé son désir pour une femme. Mais il savait ce que je ressentais, que j'étais moi aussi un oiseau blessé.

Ce qui l'avait sauvé de la folie, c'est qu'il s'était échappé de chez lui, après une de ces séances. Bien sûr, les gendarmes l'ont rapidement rattrapé. Ce qui s'est passé ensuite est incroyable: les gendarmes se doutaient déjà de quelque chose (ce sont aussi des parents, regardez derrière la gendarmerie et vous comprendrez). Alors, au lieu de simplement le ramener à la maison, ils l'ont d'abord interrogé. Mais pas de manière «policière»: ils ont commencé par le mettre immédiatement à l'aise, comme le feraient des amis ou une famille attentionnée. De sorte qu'il a pu parler de sa situation, sans honte ni drame. Bien sûr, il a pleuré en racontant son calvaire, mais le fait de voir les gendarmes si respectueux l'a réconcilié avec la société et avec l'humanité en général. Son expérience était totalement opposée à la mienne: des représentants de la société qui s'étaient montrés serviables et respectueux! Patrick a souvent dit que c'était l'attitude des gendarmes qui lui avait donné le goût des études et lui a permis d'entreprendre la faculté.

Patrick avait aussi une mère fantastique qui l'a toujours soutenue. Je l'enviais beaucoup! Ce que j'ai compris, c'est qu'être un bon parent n'est pas une question de sexe: les hommes comme les femmes peuvent autant l'un que l'autre être de bons ou de mauvais parents. Et dire que «les enfants ont besoin de leur mère» n'est qu'un sexisme grossier. Un sexisme inversé, par rapport à l'époque redoutée où les pères étaient appelés «chefs de famille», mais tout aussi sexiste. Et tout aussi inexcusable.

Et, pendant deux ans, Patrick avait été assez patient pour être mon ami, tout en évitant strictement tout geste ou insinuation de nature sexuelle. Pourtant, il me désirait fortement, comme il me l'a dit plus tard. Quel type admirable!

Je lui ai parlé de cette étrange expérience. Je pensais qu'il en conclurait que j'étais folle, ou abusée par de faux scientifiques. Mais non. Il a gardé confiance en moi, que cette étrange expérience avait vraiment eu lieu. Il a même créé un personnage dans Inworldz. Il a vu les noms de l'équipe, mais il ne les a jamais trouvés en ligne.

Il me donna toutefois un conseil que je trouvais fort avisé: ne parler de tout cela à personne. Serions-nous les seuls à en parler, nous serions automatiquement tenus pour fous, sans aucune tentative de vérification. Créerions-nous un mouvement, que ce serait encore pire: la première cabale nous ridiculiserait, et bloquerait totalement toute communication avec Vashyu. C'est le genre de raisons pour lesquelles les médias ont fait tant de publicité pour le faux cas ovni de Franck Fontaine, ou pour leur prophétie Maya imaginaire de 2012, ou encore pour leur fantasme de «piste terroriste» de l'AZF. La télévision a le monstrueux pouvoir de faire penser des millions de personnes à la même chose au même instant. Ainsi, à chaque fois qu'ils servent quelque nouvelle inquiétante, l'effet négatif est aussi brutal qu'un rituel satanique majeur.

De plus, avec la destruction de Inworldz survenue peu après ces événements, mes seuls contacts restaient l'adresse à Shanghai, et le courriel de Joan. J'ai eu des échanges épisodiques avec elle, à propos de SETI. Je n'ai jamais écrit à Namgyal, de peur de lui créer des ennuis avec son gouvernement. En fait, ni l'une ni l'autre adresse n'étaient sûre, de sorte que nous ne pouvions pas parler de leur fantastique expérience. Continuerait-elle? Aboutirait-elle à un système utilisable en routine, ou bien resterait-elle confinée à des exceptions comme la mienne? Dans tous les cas, eux non plus n'avaient pas intérêt à faire connaître publiquement leurs travaux. Ce qui les condamnait à l'obscurité, progressant lentement sans véritable financement.

Même si ils arrivaient à un système utilisable, le résultat dépend de trop de conditions pour constituer une preuve aux yeux des matérialistes. wikipédia les traiterait d'antiscience, et leur sort serait scellé.

Patrick a eu un choc en découvrant le dernier message... Comment quelqu'un vivant dans un lointain paradis de l'au-delà, communiquant par le truchement d'un bidule improbable, par des canaux secrets dans les entrailles d'Internet et des mondes virtuels, aurait-il pu percer son plus cher secret?

En effet, il a vraiment fallu que Papa me le dise... parce que j'étais si loin de l'amour et du sexe. Patrick confirma que Léo avait raison... mais malgré son désir intense et son cœur battant à tout rompre, il s'est abstenu d'essayer de m'embrasser ou quelque chose de ce genre: il savait que ce qui me viendrait à l'esprit serait le visage gras du «professeur» pervers.

Heureusement, Patrick était un adepte de la méditation. Il m'a fait découvrir des méthodes pour me débarrasser de l'affreux visage. Et le voir lui, à la place...

Et ça a marché! Que ce soit au fond si simple de contrôler notre esprit m'a laissée pantoise. Mais j'ai compris que mon père était allé beaucoup plus loin, au point de détruire la mort elle-même.

Plus tard, nous nous sommes beaucoup plus impliqués dans la spiritualité, et cela a ouvert tant de portes vers la vraie vie. J'ai compris pourquoi Léo tenait tant à me faire savoir, à propos de Patrick, au point qu'il avait à nouveau convoqué le grand groupe de soutien, et les 500 ont travaillé à nouveau pour nous permettre d'être unis. Le véritable amour romantique est si important, que même les êtres hautement spirituels s'y plient.

J'ai choisi une contraception chirurgicale radicale. Mais réversible: Je n'ai jamais mise en œuvre ma terrible menace de me stériliser. Lorsque j'ai pris le téléphone pour le chirurgien, j'ai ressenti une forte retenue de le faire: on ne sait jamais comment sera la vie dans 10 ans ou dans 20 ans. J'avais aussi un sentiment diffus, que j'ai compris plus tard: renoncer définitivement à avoir des enfants donnerait la victoire à ce fonctionnaire pourri. C'est ma vie, pas la sienne.

La défloration était une étape délicate. J'avais encore honte de mon corps, à cause des insinuations constantes du «professeur» à propos des «parties sales». C'est pourquoi je ne voulais pas que la première impression» de Patrick fusse la scène de sang. J'ai préféré demander à un médecin de le faire. Une femme médecin, j'ai insisté. Elle était si gentille! Les choses se sont bien passées avec elle. Il y a des gens fantastiques dans cette société, même dans les services sociaux!

Je voulais aussi me faire épiler. Depuis qu'ils avaient commencé à pousser, je n'aimais pas mes poils. Pour moi, ils étaient pornos. Donc les enlever était une sorte de purification, comme si je me débarrassais de tout ce qui est «sale» dans mon corps!

Patrick a été touché par ces attentions. Mais il m'a dit que j'étais de toute façon une femme belle et désirable... c'était bien la première fois que j'ai entendu quelque chose comme ça!

Un de nos premiers matins à nous réveiller ensemble, il avait un sourire amusé: «Tu m'as appelé Baloo dans ton sommeil», a-t-il expliqué. Ce fut mon tour de rire. Je lui ai expliqué que Baloo était mon ours en peluche volé, que j'avais l'habitude de serrer dans mon sommeil. Le besoin de tendresse transcende les âges de la vie, et il ne dépend pas de la sexualité ni de la chasteté! C'est pourquoi je continue d'appeler Patrick Baloo, mais seulement quand nous sommes seuls ensemble.

Nous avons dû nous cacher de ma mère pendant deux ans encore, avant de vivre avec Patrick au même endroit. Elle éclata de rage et d'insultes quand elle nous a découverts. J'étais terrifiée, à cause de toutes ces années de brutalités, de sorte que ce fut Patrick qui lui expliqua. Elle s'étouffa carrément quand il ajouta que je recevais un loyer d'un «cheick Arabe» (Rafik).

Mais je n'avais plus besoin d'elle pour mes études. Ni pour rien d'autre. Elle n'avait jamais été ma mère, seulement une gardienne de prison.

Et je savais que quelque part dans le paradis de Vashyu, une véritable mère pensait à moi.

À PROPOS DE L'AUTEUR.

Richard Trigaux a pris conscience dès l'âge de 16 ans, en 1969, que la plupart des maux que nous expérimentons résultent en fait uniquement de nos propres croyances et actions. Il suffit donc de corriger ces croyances erronées pour se délivrer de ces maux: violences, ségrégations, guerres, crises économiques, problèmes de couple, etc.

Richard a donc décidé de consacrer sa vie à partager cette prise de conscience. Il a effectué un passage dans la politique, puis dans l'écologie naissante, et enfin dans une communauté. Aujourd'hui il se consacre plus précisément à la spiritualité, a la science, et à des créations artistiques destinées à partager une vision d'un monde meilleur, ou à éveiller le désir d'un tel monde. Il fournit également des outils spirituels ou sociaux pour y arriver effectivement. Il a étudié plusieurs formes de spiritualité, notamment Hatha Yoga, Taoïsme, Bouddhisme, comme aide à ces transformations.

Aujourd'hui, sous le nom d'artiste de Yichard Muni, Richard anime un groupe d'elfes dans plusieurs mondes virtuels, destiné à offrir l'expérience de l'immersion dans un monde de beauté.

Richard a aussi travaillé comme technicien électronique dans l'aéronautique et dans le spatial, contribuant à plusieurs expériences. Il est végétarien depuis 1981, et sa voiture est à l'E85 depuis 2019. Il a eu deux enfants, aujourd'hui adultes et indépendants.

LIVRES, SITES ET LIEUX VIRTUELS

Je suis en train de travailler pour mettre l'ensemble de ces créations disponibles selon plusieurs éditeurs, ou dans les archives Internet.

Sciences

«Epistémologie Générale», une façon de présenter la physique officielle sans le dogme matérialiste, ce qui permet également de voir comment la conscience s'insère dans le monde matériel.

«Introduction à l'Epistémologie Générale», une présentation simplifiée du précédent.

Site: https://www.shedrupling.org/recherch/epis/somm.php

Économie

«La Vraie Economie», la bonne façon de se passer du capitalisme: supprimer l'égo. Idéal et transition.

Site: https://www.shedrupling.org/recherch/vrai-eco/vrai.php

Science fiction

«Typheren», sur la colonisation interplanétaire

Site: https://www.shedrupling.org/art/Typheren/Typheren.php

«Les planètes manquantes», «Dumria», «Lokouten», de la science fiction à la Jules Verne

Site: https://www.shedrupling.org/art/sf/dum.php

«Araukan», aussi dans l'Univers de Dumria

Site: https://www.shedrupling.org/art/Araukan/Araukan.php

«Pourquoi Papa il vient plus» a deux fils entremêlés: une enfant maltraitée par un divorce, et une histoire étrange sur la nature de la conscience.

Site: https://www.shedrupling.org/art/Why_Daddy/Why_Daddy.php

«Ken, l'ordinateur, le paradoxe» Comme d'hab, les robots ont pris le pouvoir. Mais c'est plus compliqué que ça... avec une fin tout à fait inattendue (Garanti sans hacker boutonneux)

Site: https://www.shedrupling.org/art/Ken/Ken.php

«Le projet VishvaKunta»

Site: https://www.shedrupling.org/nav/shenav.php?index=30810

Et d'autres histoires variées.

Le monde merveilleux des Eolis

Sur une planète paradisiaque... «Eolis et éolines» (bédé), «Les jardins d'Aéoliah» (roman), «Naufragée cosmique» (roman) «les voyages de Nashtao et Veranlounia» (bédé)

Site: https://www.planet-eolis.net/index.php

Les Elfes du Dauriath

Un univers à la Tolkien, mais évoluant jusqu'au monde moderne, avec un twist qui plaira aux astronomes. Une vingtaine d'histoires de diverses factures, qui furent d'abord improvisées dans des rencontres elfiques virtuelles, avant d'être mises en forme.

Site: https://www.shedrupling.org/art/daur/sojen.php

Rencontres elfiques

Ces rencontres ont lieu dans plusieurs mondes virtuelles, avec un cadre de nature. Elles sont ouvertes à tous, à la seule condition d'en respecter l'ambiance. Mon nom virtuel est Yichard Muni.

Site: https://www.elfdream.org

«Les gentils likpas»

Une bédé comique, avec un fond intéressant, plus des sons et des vidéos. Je me suis souvent demandé si je devrais vraiment publier «ça». Mais ce sont eux qui ont le plus de succès, alors...

Site: https://www.likpa.com

Un projet pour le moment, une chronique pour comprendre notre époque et les rapides transformations qui y ont eu lieu. Aussi pour dissiper de nombreux mensonges et omissions sur ce qui a fait notre époque.

103

«Autobiographie»

Un projet pour le moment, une chronique pour comprendre notre époque et les rapides transformations qui y ont eu lieu. Aussi pour dissiper de nombreux mensonges et omissions sur ce qui a fait notre époque.

COPYRIGHT

Scénario, textes, noms, dessins, couleurs, vidéos, sons, modèles 3D, réalisation: © Richard Trigaux 2016-2022. (Les autres contributions sont indiquées quand c'est possible)

Je suis aussi connu dans les mondes virtuels sous mon nom d'artiste Yichard Muni.

Les concepts ou vocabulaire scientifique, philosophiques ou spirituels définis dans ce livre peuvent être utilisés librement, aux deux conditions:

- de me mentionner comme l'auteur

- d'en donner une définition claire et objective, par un lien vers mon texte ou une citation de leur définition.

Employer ces mots ou concepts dans un sens les dénigrant ou induisant le lecteur en erreur pourrait être poursuivi spécifiquement, en plus des infractions classiques à la propriété intellectuelle.

Il n'y a pas de sens caché ni d'interprétation selon d'autres systèmes. J'indique mes sources d'inspiration, ou les précédents. Si une source n'est pas citée, c'est que je n'étais pas conscient de son existence.

Table des matières